Permafrost

Permafrost

EVA BALTASAR

Traducción de
Nicole d'Amonville Alegría

LITERATURA RANDOM HOUSE

Papel certificado por el Forest Stewardship Council®

MIXTO
Papel procedente de
fuentes responsables
FSC
www.fsc.org FSC® C117695

Título original: *Permagel*

Primera edición: noviembre de 2018

© 2018, Eva Baltasar
© 2018, Club Editor 1959, S. L.
c/o SalmaiaLit Agencia Literaria
© 2018, Penguin Random House Grupo Editorial, S. A. U.
Travessera de Gràcia, 47-49. 08021 Barcelona
© 2018, Nicole d'Amonville Alegría, por la traducción

Printed in Spain — Impreso en España

ISBN: 978-84-397-3514-4
Depósito legal: B-18.647-2018

Compuesto en La Nueva Edimac, S. L.
Impreso en Cayfosa (Barcelona)

RH35144

Penguin
Random House
Grupo Editorial

A la poesía, por permitirlo

Nacer es una desgracia, decía, y mientras vivimos perpetuamos esa desgracia.

THOMAS BERNHARD, *El malogrado*

1

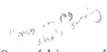

Se está bien aquí. Por fin. Las alturas tienen eso: cien metros de vidrio vertical. El aire es aire en un estado superior de pureza, y por eso, además, parece más duro, por momentos casi compacto. Se cierne cierto olor a ferretería. La capa de ruido pesa como hollín y se mantiene latente, allí abajo, como un ojo de petróleo finísimo, crujiente, una suerte de regalo negro y brillante. No pasa ni un pájaro. En realidad, ellos también tienen su propio estado, entre nosotros y nuestros, llamémosles, dioses. Un vacío habitable entre las líneas más elevadas del pentagrama. Ahora mismo soy y no soy. Quizá solo me muestre, me manifieste como una mácula discretamente molesta en una gafa, una sombra inadecuada en esta zona chill out. Tomo aire, lo obligo a ser de mi propiedad a lo largo de mis conductos animados. Viva aún desprendo cierto calor, me imagino blandísima por dentro. Por fuera lo soy más de lo que creo, casi un producto de pastelería, un objeto de cera tibia barnizado, atractivo como una primera línea. Cada célula se reproduce, ajena a mí, y a la vez me reproduce, me convierte en una entidad debida. Si todas esas partes microscópicas dejasen de trabajar, aunque fuera un segundo… Las entidades indivisibles también merecen un descanso, como yo, como todos los genios del país. Trabajar con ellos me fuerza a asimilarme a ellos, a ser como ellos dentro de esta preciosa cerca de vidrio, un pececito rojo impersonal. Afablemente decorativo. Algunos restaurantes colocan en cada mesa uno de esos peces en una minúscula pecera. Son decorativos, sí. Relajantes. Están bien vivos, y sin embargo los hay quienes utilizan sus habitáculos como cenicero. Los pobres animalillos mueren intoxicados por la química biocida de las colillas. Pero no son sino eso, ¿verdad? Objetos decorativos. Vidas vanas.

¡Qué aire más puro! Hay poca humedad y eso está bien. La humedad tiene la manía de introducirse en las partes más vulnerables del cuerpo. No la tolero. No puedo convivir con ella, no sé hacerlo, penetra hasta rincones insospechados de mi interior, como una lava untuosa y helada, y ocupa espacios ignotos que al hacérseme presentes me incomodan. Hay partes del cuerpo, como muebles demasiado grandes, que una no sabe encarar. No parecen desmontables y extraerlas sería demasiado peligroso. Seguro que tienen su función, alguien debe de habérmelas incrustado, pero no puedo con ellas y la única manera de escapar a su influencia es ignorarlas. Recorrer el pasillo con los ojos cerrados y no toparme con su masiva exuberancia. Avanzar con los ojos cerrados, ¡menuda gracia! No había pensado en los ojos. Los pájaros vuelan con los ojos abiertos y, si se dejan llevar, es en sólidas corrientes de aire. Sostenidos y a un tiempo articulados, como marionetas. Pueden permitirse mirar. Pero si un objeto cae… si por ejemplo el pajarito cae del nido, ¿cae con los ojos abiertos? ¿Tienen párpados los pájaros? ¿O lagrimales de abuela frágil que gotean sin cesar? Bien mirado, no son párpados humanos. Quizá se asemejen más a los paneles japoneses o a las cortinas abatibles de las ventanillas de los aviones y sean capaces de articularlas tan o más rápido que nosotros, como relámpagos. Ahora me pregunto si abriré los ojos. O si se me abrirán. Mi caso no es el de una caída cualquiera. Me refiero a que no será accidental, habrá una intención, mi intencionada voluntad, una orden ya escrita. Llegado el momento será solo cuestión de ejecutarla. Los ojos son anticipatorios, exploradores del mundo, el cuerpo les sigue solo. ¿Qué sentido tiene preparar el cuerpo para la muerte segundos antes de que sobrevenga? La muerte atrapa al cuerpo como el amor. Que lo pille desprevenido, pues.

2

«Cuando seas mayor lo entenderás», repetía sin descanso mamá. No debo de haber crecido lo suficiente. Y eso que me esforzaba por beberme los vasos de leche, unos vasos altos y anchos que parecían bocas animales, grandes como mi rostro, y que me dejaban la frente marcada con una diadema roja en el lugar donde la reclinaba contra la ceja de vidrio. Cabía en ellos tanta leche que mamá siempre tenía que abrir otra botella para terminar de llenarlos hasta arriba, hasta la ceja. «Bebe, bebe como un gatito —decía—. Haz como un gatito, saca la lengüecita y lame la lechecita.» Tantísimos litros de leche y yo toda blanca por dentro, llena de telas de leche pegadas a mí como grasientas y mojadas sábanas, adheridas a mis paredes, al reverso de mi piel. Los tanques de leche de mamá me anulaban, me hacían menos persona, menos niña aún. Era como ser mitad niña mitad tanque de leche, una especie de depósito saturado. Cuando terminaba de beber no me atrevía ni a moverme, sentía el baile de la leche en el estómago. No, no el baile, su peligroso traqueteo, como agua en un balde sometido a un breve y precipitado trayecto. Después bajaba como el agua por la

tubería del váter del vecino. Igualita, pero dentro de mí.
Notaba cómo la leche arrastraba los restos de la cena y lo
dejaba todo recién pintado, limpio pero pegajoso. Esa visión era tan potente que me obligaba a permanecer quieta,
inmóvil, con una respiración cada vez más superficial. Solo
podía hacer una cosa para pasar aquel rato: leer. Me sentaba
en la única silla de mi habitación. El escritorio era de madera de pino y tenía una cubierta blanca a prueba de niñas.
«Es para hacer los deberes —recalcó mamá en cuanto el
carpintero la hubo montado—. Ni pintar ni recortar ni pensamientos de utilizar el cúter. Por cierto, ¿dónde está el
cúter? ¿No debería estar aquí? ¿En el bote? ¿Con las tijeras?
Busca el cúter y déjalo en su sitio.» Con las tijeras. No lo
entiendo, y sigo sin entenderlo, no hay motivo.

Me he situado en un límite, vivo en ese límite, espero el
momento de abandonar el límite, mi casa provisional. De
hecho, provisional como todas las casas o como un cuerpo.
No me tomo la medicación, la química es una brida que
retiene, que permite avanzar a paso inofensivo. Supone una
redención anticipada, aleja del pecado o quizá solo enseña
a denominar pecado el ejercicio de nuestra libertad lograda
en un estado de paz, previa a la muerte, claro. Mamá se
medica, papá se medica, mi hermana al principio no, pero
después ya sí, se hizo mayor y lo entendió. Medicarse es
una constante solución provisional, igual que la bombilla de
pocos vatios colgada del techo del recibidor. Veinte años
de recibidor oscuro ¡y qué poco cuesta acostumbrarse a
ver tan poco! «Hicimos colocar halógenas en todo el piso
¡y olvidamos el recibidor!» Risas. «¡Pero lo mejor de todo es
que no nos dimos cuenta hasta ayer!» Habían pasado vein-

te años, veinte años de pintarse los labios tres veces al día a medio centímetro del espejo, veinte años de buscar las llaves con los dedos ateridos. Yo pensaba que aquello era normal, cuando eres pequeño la normalidad se circunscribe a tu casa. Esa es la normalidad que te conforma. Creces al abrigo de sus patrones, tomas su cuerpo, y lo mismo pasa con el cerebro, ávido y plástico como la arcilla. Luego tardas años, la ceguera se craquela tras muchos martillazos, cuando ya estás atrapado en ese núcleo compacto que te ha costado el noventa por ciento de todo lo bueno que tenías para perforar. ¡Sal de aquí dentro ahora si puedes! Y de paso sé feliz como todo el mundo. Medicación: qué remedio. Pero no el mío, mejor avanzar, salvaje, hasta el límite y decidir. Al cabo de un tiempo terminas por descubrir que el límite se deja vivir, vertical como nunca, rozando la nada, y que no solo es posible vivir en él, sino que también se puede crecer en él de diversas maneras. Si de lo que se trata es de sobrevivir, puede que la resistencia sea la única forma de vivir con intensidad. Es ahora, en ese límite, cuando me siento viva, viva como nunca.

3

Medidas de seguridad en todas partes. Más que personas. Más que ratas. Medidas reproducidas sin ton ni son. Medidas de seguridad concretadas en barandillas, cristales dobles antibalas, señales de prohibido el paso, cinturones, barreras, cascos, botones. Medidas activas o pasivas, da lo mismo. Pueden ser rodilleras, suelos de gomaespuma, cremalleras, condones, antidisturbios, fútbol. También medicación, subsidios por desempleo. Medidas evidentes o sutiles. Frenos electromagnéticos, cárceles, banderolas, programas de integración social, andamios, válvulas, revestimientos ignífugos, arneses y mosquetones. Y otra vez medicación, gorras antigolpes, acompañantes, productos descremados. Medicación, medicación y medicación. Un suicida con éxito es hoy un héroe. El mundo está lleno de desaprensivos titulados en primeros auxilios, se hallan por doquier, discretos y grises como palomas, agresivos como madres. Desafían la muerte ajena con masajes cardíacos y precisas maniobras de Heimlich. Son una cuadrilla de ladrones, una ya no puede ni endilgarse un hueso de aceituna por el tubo equivocado, te forzarán a escupirlo aunque tengan que partirte las costillas y perforarte un pulmón, toda tú hecha un vómito de dry martini y el hueso de aceituna proyectado hacia un rincón como un trofeo. Morir en un rincón estaría bien, deberían poderse alquilar rincones donde bien morir, sin interferencias, sin bombonas de oxígeno autopropulsadas descolgándose por sorpresa encima de ti justo en el último momento, donde las medidas de seguridad te garantizasen, te asegurasen una muerte como es debido.

En realidad, las medidas de seguridad son medidas de defensa del exterior, el Torturador Supremo. El mundo descarga su toxicidad dentro de mi médula a diario, me asimila con sus infiltraciones y no puedo permitirlo, no puedo permitirme compartir. Malograda medicación. Y eso que las cápsulas, rojas y amarillas, me atraen como flores. Son un néctar de mala vida, un sustancioso brebaje. ¿Quién soy yo para rechazarlo? Mi hermana dice que es feliz. ¡Feliz! Esa palabra ya tenía verdín cuando me parieron. Cuando dice «feliz» —«Soy muy feliz», dice— me enseña los dientes. Me miran como ojos, amarillentos como el blanco de los ojos de los viejos, y eso que dejó el café y el tabaco antes de cumplir veinte años. Pero el rooibos y el yoga también son adictivos, acidificantes y envejecedores y adictivos. Las cosas sanas matan con mucha mayor lentitud, primero te hacen creer en su amor, te obligan a su intensidad languidecida. Nos vemos obligados a la palidez durante décadas, en una de las cuales solemos reproducirnos. ¡Una jugada maestra! Imponer infancia de una forma tan irresponsable solo puede ser un efecto secundario de la medicación. Hay que ser blando como relleno para acceder a la vida y fajar cada nuevo hijo, de punta a punta, con la seda del propio miedo, madre castradora por naturaleza, cheerleader incondicional. La fuerza del miedo es la suma de cada pequeño sueño reducido a polvo. A esnifarlo, pues, al parecer es la única manera de vivirlo que nos queda. Disimular la desnudez poniéndola en una ducha y santas paces. Bendita sedación.

4

Vía de tren en un punto no controlado. Los trenes aún atestiguan cierta metafísica de las costumbres; esta observación no tiene nada que ver con los horarios. Hay que explicarlo todo. No lo entendí hasta el día de aquella cita en un punto no controlado. Era una recta de lo más previsible, cualquier otro habría preferido una curva, pero la proximidad de una curva llama demasiado la atención, hay una sutil mengua de velocidad, un instante para bascular el peso del cuerpo de un pie a otro, quizá para tragar saliva en un inusual acto no reflejo. La recta es perfecta y yo estoy camuflada con el entorno. Aridez mediterránea salpicada de pequeños matojos, enfermos pero resistentes. Se oye una aproximación que mueve toneladas cúbicas de partículas en suspensión. Doy un paso hacia delante. Percibo la lejana balumba sonora, sus vibraciones, que podrían ser insectos, pero no lo son porque los insectos son metálicos de una forma más elegante. Las vías se cimbrean como serpientes de cascabel y doy otro paso hacia delante. Mi cuerpo es una parabólica hambrienta de peligro. El corazón, grande, se apodera del pensamiento. El tren, ahora sí, es puro mercurio ladrante, una entidad que crece, un nombre. Ya está aquí, ha llegado a mí, a su cinta roja, a su línea de meta. Pero no, hoy no es el día. Es un tren largo, demasiado largo, y propulsa mi cuerpo hacia atrás con violencia. Decido que debo resistir. Como un matojo, pienso. Las raíces profundas garantizan instantes de valentía como este. Sin embargo, el tren es larguísimo, hay demasiada ferralla durante demasiado tiempo y, después de todo, el cuerpo quizá merezca una oportunidad para hablar, aquello de la última palabra. Tal vez debería preservar mi nombre, gozar de una muerte conservadora con despojos fácilmente identificables, restos cordiales. Lo cierto es que ignoraba que detalles dominantes como este terminarían importándome. Me hallo envuelta con una asombrosa metafísica, de ser creyente creería que alguien pretende que me replantee algunas decisiones. ¿Cómo era aquello? «Gracias a Dios, soy ateo.»

5

Son las cuatro y cuarto de la madrugada y alguien marca mi número de teléfono. No duermo, pero tengo el fijo desconectado y el móvil apagado. ¿Qué pasa? Es mi manera de ser humana. De nuevo a las siete y media, a las ocho menos diez, a las ocho menos ocho y a las ocho en punto de la mañana. Más tentativas frustradas hasta las diez; lo tengo todo grabado, mensajes de voz que borro sin escucharlos. Sin duda todo ello es culpa de plantar la medicación. Pero bueno, no tengo ningún motivo real para provocar la alarma de nadie, así que a las diez, con todos los teléfonos conectados, contesto a la llamada. Activo mi formato de voz agradable y me corta mi hermana. «¡Vuelvo a estar embarazada!» Dedico mi primer pensamiento a una montaña de ruedas de recambio abandonadas. ¡Ese podría ser el estímulo necesario para animarme a desaparecer de una maldita vez! El segundo pensamiento se dispone a analizar en círculos la entonación de mi hermana, pobre inocente sin alas obligada a correr con sus palabras descalzas a cuestas. Se llama Cristina, y no he terminado de percibir si parece feliz o angustiada. «No te oigo bien. ¿Qué dices?»

Miento y pregunto, miento y pregunto, es mi estilo. Ella contesta sin pausa: «¡Que vuelvo a estar embarazada! ¡De dos meses!». Es feliz, claro, y yo soy boba. «¡Soy tan feliz! ¡Hacía tanto que lo buscábamos!» Tengo unas ganas difícilmente, muy difícilmente reprimibles de golpearme el cráneo con el teléfono, pero es una mala idea, los teléfonos prefieren matar con tumores, a distancia. «Felicidades», digo. «¿Te alegras?», pregunta. Miento afirmando con un enfático sí, mucho. «¡Volverás a ser tía!», exclama ella. Por más que me concentre no puedo detectar en mí ninguna emoción susceptible de sacudir la especie de sustrato interior relativo a la familia. «Qué bien», digo. Y luego hablo, hablo sin interrupción durante un minuto para evitar cualquier posible tentativa de profundizar en mi montoncito sentimental compostable. «Qué bien de verdad es fantástico ser tía por partida doble es como ser una tía completa es como pasar de llevar un monóculo a ponerse gafas o de ir en triciclo a ir en bicicleta ahora tengo la sensación de controlar mi vida plenamente en su faceta de tía caray es que me dejas parada tanto tiempo buscándolo y ahora resulta que ya está aquí que hay una personita que ha decidido lanzarse a la maravillosa aventura de vivir y no podía haber encontrado mejores padres con un trabajo estable y una casa preciosa con una habitación para él solo o sola porque con dos meses de embarazo aún no puedes saber si será niño o niña aunque en realidad no sé por qué hablo en futuro porque ya es un niño o una niña ya existe dentro de ti oh debe de ser maravilloso estar embarazada y sentir cómo la vida crece dentro de ti estoy segura de que tendrás un embarazo fantástico como el primero y de que todo irá muy bien qué bien que me hayas llamado para decírmelo me has alegrado la mañana noticias como esta son las que hacen que pienses que todo vale la pena además ahora cuando nos reunamos toda la familia para la comida de Navidad ya no seremos trece que dicen que trae mala suerte seremos uno o una más es fantástico.» He hecho un esfuerzo supremo que me ha dejado agotada. Realmente, ser así hace que necesites medicarte.

6

«¿Crees que hago bien casándome con él?» Mi tía, hace más de quince años. «Es que no lo sé, a veces, cuando voy en metro, no puedo evitar mirarles los pechos a las mujeres. Es como si me los pusiesen delante para que los mire. Y no sé si antes de casarme no debería probar…» Ya decía yo que eso de hacer de tía no acababa de ir con ella. La excuso aduciendo que me lo preguntaba porque sabía que yo era lesbiana. Mamá aún no lo sabía, pero ella sí, hacía seis meses que me había acogido en su casa, en el pisito de soltera cerca de la facultad en la que yo estudiaba. Me ahorraba tres horas diarias de desplazamientos, que dedicaba a leer y a conocer lesbianas. «No lo sé, tía», empecé. ¡Claro que no haces bien casándote con un tío cuando irías metiendo la cabeza en el escote de las tías que ves en el metro! «Quizá deberías probarlo. Para salir de dudas. ¿No?» «Sí, quizá sí. ¡Pero es que las lesbianas son todas tan feas!» Gracias, tía. No se dio ni cuenta, no hay nada más cegador que una relación de parentesco. Por supuesto decidió que lo más prudente era no salir de dudas, no quería engañar a su «futuro marido», decía. Así que se casó con él sin darse cuenta de que había hecho algo mucho peor, eso tan literario de convertir la propia vida en una gran mentira. Es curioso como a veces los crímenes más abominables son los más fáciles de perpetrar. Después de la boda se fue a vivir en una zona residencial, unos bajos con jardín comunitario y vecinos estables y contenidos como actores secundarios. Todo ello presentaba una impecable apariencia de credibilidad. ¡Ah! Y también se compró un coche familiar. «Por lo que pueda venir», dijo, como si el futuro hubiese terminado por especializarse exclusivamente en preñar mujeres. Me quedé sola en el pisito de soltera. Era un ático céntrico, ideal. Leía cada vez más. Se produjo el boom de internet, que me facilitó hasta un grado insospechado conocer más lesbianas. La mayoría no eran feas y eso propició que hubiera mucho sexo, por lo general buen sexo, aunque también sexo normalito y sexo deplorable. Pese a todo era incapaz de enamorarme, hacía amigas y la mayoría terminaban convirtiéndose en mis amantes. A veces alguna amante se enamoraba de mí y cuando eso ocurría tenía la impresión de que la vida me miraba directamente a los ojos con su peluca más espantosa. No hay nada peor que sentirte exclusividad de otra persona, tener que oír, reducida a pieza de Lego, que eres decisiva en la felicidad o infelicidad de otra persona. ¿Nos hemos vuelto locos? También tuve que soportar algunas experiencias esperpénticas, sobre todo coincidiendo con los días posteriores al final de alguna de esas relaciones. Lo curioso es que nunca recibí amenazas directas, más bien tuve que asistir a automutilaciones y eso era mucho peor. «Si de verdad quieres abrirte las venas, haz los cortes en vertical de una puta vez ¡y déjame tranquila, joder!» Para poder sobrevivir sin tener que trabajar alquilaba habitaciones a estudiantes. Solo mujeres: inglesas, americanas, brasileñas, alemanas, serbias, griegas. Era caótico y a veces divertido, pero también tuve algunos disgustos. No entenderé nunca la santa manía que tienen algunas mujeres de agujerear paredes para colgar cosas de ellas. Una chica vasca con cara de ballena quemó la campana de la cocina, y una brasileña preciosa y paticorta se marchó una noche con el aparato telefónico. Pero las conversaciones de sobremesa lo compensaban todo y había cosas que me hacían sentir muy presente, como por ejemplo que se hiciese sexo en todas las habitaciones y que el baño siempre estuviese ocupado. Hasta que un día, como si me hubiese pillado una riada, me licencié.

7

Los verdaderos artistas no se dedican al pasado. Hacen en el sentido platónico de crear. Los pobres que como yo no sabemos más somos quienes nos dedicamos a remover el gran perol de la historia. En mi caso, Historia del Arte. En un principio me inclinaba hacia las Bellas Artes con el límpido y ciego entusiasmo de la juventud. Tenía una real inquietud por crear. Con aquella ilusión me habría bastado para salir adelante, era fresca como conchas, fertilizante en potencia. Pero padecía una gran inseguridad, espoleada por unos padres ramplones. «Si no sabes hacer ni un retrato con un seis y un cuatro», repetía mamá con aquel sincero interés con que mantenía mi amor propio en las lindes de una forma de vida vegetal. «Quizá sí», terminé admitiendo. ¡Oh! La duda, la duda es la primera grieta en el propio permafrost. «¡Claro que sí! −remachaba ella−. Haznos caso. ¿No pensamos siempre en lo mejor para ti? ¿Quién te conoce mejor que nosotros? Eres demasiado joven para saber lo que te conviene.» Desistí por agotamiento, pero también por una suerte de miedo irracional. El miedo, madre dominante. Resulta casi imposible despegarse de su pezón.

Sin duda fue como caer en un callejón sin salida de cinco años de duración. El conocimiento me perforaba como si de verdad esperase hallar algo valioso en mi interior. El día que me licencié lloré toda una tarde en el sofá del comedor, mientras la pianista serbia de la habitación del recibidor me hacía tragar copas de vino con ibuprofeno. Estaba de luto por todo aquel territorio contaminado. «¿Y ahora qué? ¡Cinco años perdidos! ¡Demasiado tarde para las Bellas Artes!», sollozaba. A los veintitrés crees que ya es tarde para todo. No es hasta los cuarenta cuando te percatas de que aún estás a tiempo, si no de todo, al menos de todo lo que importa. Al fin y al cabo has dedicado más de una década a aprender qué importa. La serbia y yo nos emborrachamos. Se llamaba Jovana, tenía cuarenta y siete años y era pianista profesional. Era buena, pero no se encontraba entre las diez mejores y malvivía de su talento. También era fuerte, vital y muy atractiva, una especie de femme fatale incapaz de hallar el amor. Un buen día decidió dejarlo todo y trasladarse a Barcelona. «Presiento que aquí encontraré a mi Antonio Banderas», confesó cuando me alquiló la habitación. Llevaba toda su vida doblada en tres maletas Samsonite. El vecino del sobreático le prestó un piano de pared. No podía creérmelo. Contra todo pronóstico, los vecinos parecían maravillados con los ensayos. Habían sucumbido a ella, a la rotundidad de su cuerpo, a su personalidad, imponente y encantadora como una pagoda birmana. Yo me sentía cada día más empequeñecida, reducida a una cortinita de cocina a su lado. Era demasiado mujer para desearla siquiera. Me hallaba tan desorientada como un soldado licenciado de esos que no saben readaptarse a la vida civil. Como si mi vida se hubiese quedado entretenida en espacios de ondulante vacío, debía mantenerme en constante circulación. Con frecuencia tenía náuseas y una sensación opresiva en los pulmones, una especie de angustia anticipatoria que solo se veía aliviada por el sufrimiento físico: los dolores menstruales, por ejemplo. Notar cómo mes tras mes se instauraba aquella base de plomo en los riñones, cómo crecía la necesidad de ese movimiento sincopado de los locos, cómo se manifestaba la conocida e infernal diarrea, cómo la tremenda pata de elefante me aplastaba el útero, oprimiéndolo con irrevocable decisión hacia abajo, siempre hacia abajo. Los ataques duraban entre tres y ocho horas, y todos los calmantes que me habían recetado se vieron obligados a claudicar ante el apoteósico imperio de mi cuerpo. No podía hacer nada para impedirlo. El suplicio siempre culminaba en una suerte de coma que me dejaba tirada al fondo de todo de un profundo sueño. El alivio era equiparable al final de una sesión de tortura. Vacuidad y ligereza absolutas. Milagrosamente las náuseas desaparecían mientras duraba el ataque. Los pensamientos de suicidio se concretaban como nunca, inocentes como canciones de *cagatió*, e igual de crueles. Podía pasar horas asomada a la barandilla de la terraza. Eran ocho pisos de altura, no estaba nada mal. Lástima que en los bajos siempre correteasen tantos gatos, la mera idea de aplastar a un gato me causaba una angustia insoportable. Las vecinas que calman sus nervios comprando tarrinas de paté y alimentando felinos merecen el circo romano. Jovana aseguraba que andaban mal folladas. «En Serbia hacíamos estofado de eso», decía. «¿De qué, de gato?» «No, tonta, de vecinas mal folladas.» «¿Y no hay vecinos mal follados en Serbia?», le preguntaba. «No, todos muertos en guerra.» ¡Ah! Las guerras, auténticas bendiciones para los gatos. Dicen que las mujeres prefieren matarse con venenos, pero ¿cuáles? Los productos de limpieza son demasiado abrasivos. Ni hablar de prepararme un cóctel de lejía. En los años cincuenta era posible engatusar al médico de cabecera para que te entregase una receta de barbitúricos, pero ahora ya no. La última vez que fui al médico me sugirió que probase las Flores de Bach. No debí ser lo bastante convincente. En cambio las vecinas mal folladas tienen botiquines dignos de un refugio nuclear. Lo sé porque mi abuela es una de ellas. Gran amante de los gatos y las palomas, tiene tres pequeños armarios del bufete del comedor rebosantes de medicamentos. Un día me fijé en ellos y había mucha sustancia para controlar el dolor. ¿Cómo cojones se lo montan? ¿Es posible que los médicos de cabecera sean sensibles a los gatos? No lo sé, pero creo que los mal follados en general se vuelven resistentes. Especie de cucarachas, escarabajos de cocina capaces de lavarse la cara con aceite al rojo vivo.

8

«¿Por qué no te vas un año de au pair?» No recuerdo quién lo dijo, pero seguro que no fue mamá, porque no le habría hecho caso. ¿Au pair? ¿No era aquello que hacían las chicas que no tenían suficiente cerebro para entrar en la universidad? ¡Porque yo ya era licenciada! «Sí, licenciada en pasarte el día en el sofá sin pegar sello.» Mentira. No recuerdo quién lo dijo, pero recuerdo que pensé que era mentira. Me pasaba el día en el sofá, sí, pero leyendo. Durante una época me dio por leer biografías, cuanto más densas mejor. Las grandes personalidades siempre han dado muchas páginas de sí. De Beauvoir, Rafael, Mallarmé, De Bingen, Lempicka, Gentileschi, Kokoshka, Kahlo, Lessing, Van Gogh, Foucault, Cassatt, Claudel, Weil, Cézanne, Napoleón. Sentía un placer indescriptible en sumergir mis horas de vigilia en aquellas vidas ajenas, completas, perfectas, cada una con sus dos aniversarios que celebrar. Pasarme la vida así era lo máximo a lo que podía aspirar, lo más parecido a no terminar de ser o a no empezar a ser. Me bastaba con realquilar las tres habitaciones que me sobraban en el pisito. Pequeñas, sí, pero suficientes para una sola persona. Colchón japonés, escritorio y armarito. Sábanas coloridas, lámparas originales y repulsivo terrazo cubierto de cabo a rabo por una alfombra de dieciséis milímetros de grosor. ¡Bendita Ikea! En el piso había buen ambiente y el precio era ajustado, de forma que siempre lo tenía lleno, y los tres años que duró el invento han alcanzado el grado de los mejores tres años de mi vida. Solo tenía que dejarme vivir sin oponer resistencia, como haría una ramita carcomida río abajo, sin mayor pretensión que la de deslizarse aceptando cada cambio de dirección, asumiendo el desgaste. Fue también una época de sexo en solitario. Estaba cansada de cribar entre las múltiples poblaciones de lesbianas de Barcelona, agotada de compartir la carne. Entonces, cuando más feliz parecía, sucedió: una llamada a media tarde. Las llamadas a media tarde son las peores. Los absolutos desastres de las llamadas a medianoche tienen algo pasional, atentan contra la vida despertando el corazón. Deberíamos recibir una de ellas como mínimo una vez al mes para ir viviendo con otra medida de intensidad. En cambio las llamadas a media tarde son torpederas. «¿Sí?» «Soy tu tía. Necesito el piso.» Vi muy bien cómo caía la guillotina y mi cabeza rebotaba en el suelo como una pelota peluda, rodando hasta perderse bajo el sofá. Mierda. «Ningún problema. ¿Para cuándo?» «No hay ninguna prisa. Cuando tengas dónde ir quedamos un día y me devuelves las llaves.» De modo que corría prisa. «¿Te has separado?» De ser ese el caso al menos cabría cierta esperanza para alguien. «No, queremos comprarnos una casa. Lo venderemos.» Ah. Mira por dónde, mi tía había decidido sondear con temeridad los desconocidos abismos de su mentira. «Qué bien», comenté. Llegada la noche ya se había asentado en mí un intenso sentimiento de despido improcedente. Aquella injusticia en forma de huevo de madera se me había encallado en el cuello. «¿Y ahora qué? ¿Y ahora qué?», me repetía una y otra vez. ¿Alquilaría una habitación? Tenía una titulación inútil, ninguna fuente de ingresos. Pensé en trabajar de modelo en la facultad de Bellas Artes. ¿Accederían a dibujarme desnuda en un sofá? ¿Leyendo? Era la única manera que se me ocurría de conservar mi estilo de vida. Se trataba de un pensamiento ilógico, ¡pero era tan real! Durante unos minutos fue la única solución. O eso o saltar por el balcón. Precisamente ahora que hacía tiempo que no me lo planteaba en serio. Con la suerte que tenía, seguro que aplastaba a un gato. Quien fuera que hallase el cadáver encontraría dos, con las vísceras mezcladas como un nido de serpientes. No, no podía ser.

Entonces lo vi claro. Llamé a Jovana. Ya no vivía conmigo, ahora vivía con Antonio Banderas en un principal de la ronda de Sant Pere, o eso me dijo. «Estoy cagada», le dije en cuanto descolgó. «¿Tú?» «Sí, mi tía me saca del piso, soy una refugiada familiar.» Me autocompadecía. «No sabes el favor que te hace.» Y un huevo. «Dentro de unos años se lo agradecerás. Puedes venir a casa, si quieres, tenemos espacio de sobra.» «No, gracias. Antonio Banderas siempre me ha dado un poco de miedo.» «¿No eras lesbiana?» «Sí, pero los hombres con voz de gato me dan miedo.» «¿A ti qué te pasa con los gatos?» «No lo sé, los encuentro repelentes.» «¿Por qué no te vas un año de au pair?» Ahora recuerdo que fue Jovana quien me lo dijo. Y también aquello de «licenciada en pasarte el día en el sofá sin pegar sello». «Me gusta leer, mira por dónde», aduje. «Pues vete de au pair y podrás tirarte el día leyendo.» Solo tendría que llevar a los niños a la escuela, aseguró, y pasar un poco el plumero. Además, cabía la posibilidad de que recibiera un pequeño sueldo. Quizá sí, pensé. Quizá sí. La duda, la grieta por donde se infiltra el calor del mundo, osada violación del permafrost.

9

Cardrona, Escocia. Siempre pensé que los pueblos más pequeños del mundo se hallaban abandonados en lo alto de grandes cordilleras. Me equivocaba. Cardrona es microbiano, una discreta acumulación de casitas en un ilimitado campo de golf, como el montoncito de tierra que indica la presencia de un hormiguero en un descampado. Los lugares pequeños son aburridos, no como en las películas. Es prácticamente imposible encontrar en ellos un vecino interesante. La casa de mi familia de acogida tiene dos plantas y un jardincillo inutilizado debido a una lluvia fina y constante. Lo más significativo es que allí viven dos críos, un niño y una niña. Son blancos, regordetes y blanditos. La madre se llama Fiona, como toda buena madre escocesa, y trabaja de comercial en una empresa farmacéutica, lo que la obliga a viajar buena parte del año. El padre está ausente. La verdad es que Jovana tenía razón: solo tengo que acompañar a los niños a la escuela y quitar el escaso polvo con el plumero. El resto del día lo paso leyendo en mi habitación. Hay una cama individual con su cabezal de madera maciza y su colcha de patchwork encima, horrenda pero apropiada. Cuenta también con un pequeño escritorio sobre el que a mi llegada había un portarretratos vacío. Mirarlo me hacía pensar en mamá, por lo que ahora está en el cajón. La ventana es grande y tiene forma de U. El paisaje es increíble, es como tener vistas al mar, pero en una tonalidad distinta. Fuera, hasta donde alcanza la vista, no hay sino campos cubiertos de una especie de heno esmeralda que se mueve como un pulmón. Si me los quedo mirando un rato tengo una incómoda sensación de falta de salsedumbre. Frente a la ventana, encajado justo en el hoyo de la U, hay un asiento con un estampado de flores. Sentarme en él hace que me sienta como Scarlett O'Hara. Pero es un buen lugar contra el exceso de calefacción. Empiezo un libro nuevo cada dos días, por lo que una semana después de mi llegada ya he agotado todos los que han viajado conmigo. Y eso que la previsión inicial, bastante realista, era de un mes. La verdad es que Cardrona supera todas mis expectativas y muy pronto termino deseando que los niños no crezcan nunca. Necesito ser una au pair vitalicia y tengo pensamientos curiosos, como por ejemplo escatimarles la comida. Los niños raquíticos son físicamente niños durante más tiempo, aunque ciertos abusos actúen como aceleradores de la maduración emocional. Por poco que funcionase, merecería la pena intentarlo. También pienso a menudo en todo tipo de accidentes provocados en la escalera, en la posible parálisis de uno de los dos hermanos. Quizá la niña. Las estadísticas aseguran que los hombres paralíticos encuentran pareja con mayor facilidad que las mujeres en la misma situación. Estoy segura de que, si la niña quedase imposibilitada, Fiona no tendría ningún inconveniente en contratar de forma indefinida a una au pair competente.

Todos estos pensamientos son lo bastante tranquilizadores como para no tener que llevarlos a cabo, así que hago caso omiso y compro por internet la *Historia del Arte Universal*. Diez tomos de segunda mano, pero como nuevos, por solo cuatrocientos euros. La inversión se traduce en seis meses de gozo ininterrumpido. Mucho antes de terminar la lectura tengo la delirante sensación de haber perdido el tiempo en la universidad. No puedo quitarme de la cabeza las Bellas Artes, son el alma del producto muerto en el que me he licenciado. El mero hecho de darme cuenta me causa una sintomatología muy variada: aguijonazo de punzón en el pecho, dificultad para beber o comer, otro dolor no punzante, sino resbaladizo, cuyo epicentro se halla en el útero y que se propaga hasta cada extremo del cuerpo como una especie de pena pesada y hambrienta. Se me ocurre que debe de ser un dolor parecido al que sigue a un aborto, la tristeza residual de una vida no ejercida que se aferra con garras a la vida. También experimento intensos desconsuelos nocturnos y paso las horas de vigilia recreándome de forma enfermiza en el pensamiento «Demasiado tarde para las Bellas Artes». Los estudios siempre han ejercido un gran poder de distracción sobre mí, han sido como quedarme temporalmente parada en una gasolinera. Al fin y al cabo, instantes como este son instantes de muerte perdidos en sí mismos. Después se reanuda el viaje y es la vida la que concurre en él, concentrada en aisladas cápsulas de movimiento.

Adelgazo sin esfuerzo. Los libros de arte terminan siendo tan dolorosos que me paso a la filosofía. Es indiscutible que los filósofos son gente ordenada. En especial los alemanes, son insuperables, complejos pero ordenados. Los franceses, en cambio, evocan la sorpresa de quien llega a casa y constata que una persona muy querida ha hecho limpieza, ha regado las plantas y se ha marchado dejando tras de sí una expansiva sensación de libertad. Ahora los libros me duran más del doble. ¡La filosofía sí que es una buena inversión! Paso un exceso de horas ejerciendo de Scarlett O'Hara en la ventana. No me extrañaría nada ver entrar en mi habitación a primera hora de la mañana a una Mammy negra y gorda con un corsé en la mano, arrastrando olor a café y tocino frito. Debe de ser una buena cosa abandonarse en las manos de una Mammy gorda, reconfortante como una alacena atiborrada a finales de otoño. Pero estoy sola, no soy sino cincuenta y dos kilos de soledad y lamentos, todo un tesoro.

Empiezo a odiar el color verde. Mirar por la ventana me causa los mismos efectos que haber viajado a la India y haber bebido agua sin embotellar: náuseas y dolor de cabeza casi constante. Pasar demasiado tiempo frente a la ventana me obliga a largas visitas a la taza del váter, pero la tipología de náusea es un poco distinta, avara de carne, expulsa mi persona y goza vaciando el cuerpo de jugos. Mientras tanto la persona padece recluida en una extraña burbuja flotante, vacua y sentimental. La tonalidad escocesa de verde es anómala, intensa y llana como un experimento fauvista. Habría sido una auténtica pesadilla para Cézanne. Cézanne no hubiera podido ser escocés. Este verde excesivo es casi insultante, me agrede visualmente como hizo en su momento la mesa roja de Matisse, pero desde luego está ausente esa sensación de paz, de calma infantil. Me jode que el amor profundo que siento por Matisse se vea comprometido por una inquietante capa de verde. Pero es así, el verde se infiltra en mi cuerpo como una inyección de caballo, asciende como una asfixiante marea, empapa mis cavidades, se apropia de las partes más fértiles del yo. Me da miedo querer poner fin a este permanente desasosiego saltando por la ventana. Es una mala idea, porque la ventana se halla a poca distancia del suelo. Morir sobre las baldosas húmedas del jardincillo no me parece muy atractivo. No puedo soportar la imagen de una babosa arrastrando al buen tuntún su miserable vida sobre mi miserable muerte, ni la de agonizar masticando fragmentos de palabras mientras restos de pensamientos chorrean por mi frente, visibles, evidentes, y mis ojos se vuelven comprensivos como los de una camarera de un bar nocturno. Una semana más tarde vuelvo a casa.

10

Estoy en casa. En realidad «casa» es la habitación de invitados del piso de alquiler de mi hermana. La habitación es sencilla y lisa como una celda. Hay un colchón en el suelo, un perchero de plástico naranja detrás de la puerta y un armario para los trastos. Mato las horas de insomnio removiendo el contenido del armario. Ropa usada y toallas blancas de hotel, pero también algunos álbumes de fotos de mi hermana. Se me hace raro verla con amigos que no conozco. La vida de dos hermanas es idéntica hasta que crece una de las dos, y entonces parece que la otra aproveche para hacer cosas a escondidas. Sobre todo llenar el vacío dejado por la hermana conociendo a otras personas.

Estudio las fotografías, hay una veintena de mi hermana con un chico pálido y rubio, de un rubio dorado como de leona. En trece de ellas salen solos, y en las siete restantes, abrazados. No cabe duda que el chico pálido y rubio como una leona, que tiene el canto del ojo rosado y la naricita tensa como el culo de una gimnasta, es un producto escandinavo. Recuerdo que ella hizo el Erasmus en Dinamarca. Podría ser un ligue danés. El chico mira a mi hermana y ella mira a la cámara. Percibo un principio de indignación por el gran desconocimiento que tengo de la vida de mi hermana. Ahogo el sentimiento pensando que mi vida ha transcurrido igualita a la de ella, es decir, al margen de la familia. Me pregunto si ello tendrá un motivo. Seguro que sí. Las dos hemos sentido ese imperioso deseo de intensidad, y compartir la vida con la familia lo disipa. La familia, ¡qué magnífico disolvente! Imposible alcanzar el núcleo a su lado. Ciertos individuos solo pueden acontecer como amputaciones. Pienso ahora en nuestros padres, ellos han sido la cabeza de pulpo, y mi hermana y yo tentáculos dispersos, ternillas rosadas y lilas. Ella está enferma de verdad, es un organismo ectoparasitario y necesita acoplarse a una pareja masculina para preservar el equilibrio de su mentira. Pero ríe, mucho más que yo. Y parece presente en las fotos, ¡tan rejodidamente presente! Yo no, siempre tengo la impresión de que me han superpuesto a ellas. Como si alguien más infantil y mucho más poderoso que todos nosotros tuviese un recortable lleno de imágenes de mí en múltiples posiciones, recortase mi contorno por la línea de puntitos y me encolase a las fotografías de otra gente que ahora mismo diría que me conoce. Soy yo, la extraña que todos reconocen, esa que parece de mentira bajo su capa de hierba corta y consistente. Tengo un buen recubrimiento, impermeable como el de los buques, pero no es mentira, no: la dureza del hielo preserva un mundo habitable, solo que dormido.

11

No encontré trabajo hasta años más tarde. Me refiero a un trabajo como es debido, algo que encajase con lo que había estudiado. Malogrados cinco años de estudio si no lo hubiese conseguido. Creo que mamá no lo habría soportado. Tanto dinero invertido en mí. «¡Tantos esfuerzos! ¡Tantas privaciones! ¡Un verano no pudimos irnos de vacaciones porque había subido el precio del crédito! Y claro, ¡tú estudiabas tanto! ¡Prometías tanto!» Y eso era antes del plan Boloña. Pero ese ha sido desde siempre uno de los grandes hits de mi familia, nuestro-suyo gran LP. «Un verano no pudimos irnos de vacaciones porque tuvimos que ponerte la ortodoncia.» «Recuerdo aquel verano que no pudimos marcharnos porque se te rompieron las gafas y tuvimos que mandar hacer unas nuevas.» «¿Y aquel verano que no pudimos movernos de casa para que pudieses hacer aquel curso intensivo de tenis de quince días?» «¿Y el año aquel que nos sacrificamos para pagarte un profesor particular de matemáticas? ¡Qué susto! Una niña tan inteligente, ¡y suspende las matemáticas de primero de BUP! Perdimos la paga y señal de la autocaravana, pero valía la pena, ¡al menos aprobó las matemáticas en septiembre! Y eso que fue el verano de la ola de calor. ¡Con lo fresquitos que habríamos estado en Suiza! Pero en casa lo primero siempre han sido los hijos, ¿verdad que sí, cielo?» ¿Verdad que piensas en navajas cuando mamá habla así?

Me contrataron un lunes, tres meses después de haber escrito el primer artículo. Por primera vez me sentí descolorida, una espantosa mezcla de tonos, una especie de innominable gris verdoso y mortecino. La piel se me puso como una concha de mejillón y tenía el cuerpo seco, los músculos fibrosos como esparto y un aroma de parking por dentro. Por la noche recibí una llamada de felicitación. «Sabíamos que terminarías por encontrar tu camino.» Era mamá, portavoz de asuntos familiares. «Gracias.» «La gente como tú necesita su tiempo.» La gente como yo. «Pero al final has terminado por encontrar tu lugar. ¡Con lo que nos has hecho sufrir a tu padre y a mí!» No creo que haya hecho sufrir demasiado a papá, pero bueno, supongo que mamá consideraba que papá era una extensión de sí misma, una suerte de infra-yo que formaba parte indisoluble de ella. «Tampoco hace falta que exageres, mamá.» Aquella frase solía darle alas y yo podía seguir callando. «¡Que sí! ¡Que sí! Que tu padre y yo las pasamos canutas contigo cuando eras más jovencita, ¿eh? ¡Fíjate, solo hace falta constatar que recién te has acabado de situar cuando ya tienes casi cuarenta!» Pasarlas canutas, acabarse de situar… es el vocabulario básico de mamá. «Si tú lo dices», concedí. «¡Claro que lo digo! Pero no pienses que ahora te quito mérito, ¿eh? Tu padre y yo hemos leído tus artículos y están muy pero que muy bien, de verdad. ¡No sé por qué no te dedicaste a eso antes! Y pensar que has malgastado los años más preciosos de tu vida perdiendo el tiempo por esos mundos de dios sin acabar de hacer nada. Pero tus profesores ya nos lo decían… Ya nos lo decían en primaria. Esta niña promete mucho. Estuve a punto de ir a reclamar cuando vi que no sacábamos nada de ti. Pero mira por dónde, ahora te has centrado. Y tu padre y yo estamos muy orgullosos de ti.» Mi-padre-y-ella nunca han estado orgullosos de mí, es decir, ni de mí ni de mi hermana. A papá le basta con saber que estamos-bien-de-salud. «¿Estás bien de salud?», pregunta cuando mamá se ve obligada a cederle el teléfono para ir-a-girar-la-tortilla-un-momentito. En cambio, a mamá lo que de verdad le importa son nuestras «ocupaciones». No me refiero únicamente a nuestra profesión, sino a todos nuestros cartelitos, los cajoncitos que ocupamos en buen latín al estilo de un Museo de Historia Natural. Mi hermana, por ejemplo, es licenciada en farmacia y en fisioterapia. Por tanto, doblemente titulada. En la escala de valores de mamá eso está muy pero que muy bien. También está casada, es la mujer-de y su marido es ingeniero, lo que merece una bonificación. Tiene una hija y otro/a en camino, por tanto también es la madre-de. Trabaja a tiempo parcial en una farmacia de pueblo, a mí me parece que es una mierdecita de trabajo para tanta carrera, pero mamá está encantada. No orgullosa, encantada. Además, mi hermana no puede trabajar de fisioterapeuta, le da repelús tocar otros cuerpos. La entiendo muy bien, porque a mí me pasa lo mismo, me vienen arcadas con solo pensar en tocar otros cuerpos, siempre que no sea para follarlos. Me resulta incomprensible que mi hermanita estudiase fisioterapia. El caso es que mamá reserva el orgullo para sí misma. Así puede aplicar la mejor selección de su bodega mental a los méritos propios. Un ejemplo: a mamá le enorgullece no engordar ni cien gramos en Navidad, y también aquello de tener-el-piso-siempre-inmaculado. Va una señora peruana tres veces por semana para barrer, quitar el polvo, hacer los baños a fondo y fregar. Aspirar el sofá y limpiar los cristales lo hace una vez a la semana. Los armarios de la cocina por dentro tocan una vez cada quince días, y el horno y la nevera, una vez al mes. Antes iba una señora ecuatoriana, pero se estaba construyendo una casa en su país y cuando terminó de pagarla se marchó. «Una casita con colmado, fíjate qué espabilada –dijo mamá–. Y pensar que nosotros necesitamos de todo, de todo, para ser felices. Si hubieses visto la cara de María el día que me dijo que volvía a Ecuador. Tiene dos niños pequeños allí, ¿eh? Era la pura encarnación de la felicidad. Feliz con su casita colmado.» Si mamá tuviese que hacerse cargo de una casita colmado, padecería una depresión tan grande que a su lado el crac del 29 se reduciría a una escapada de fin de semana a la Costa Brava. En lo que respecta a mi ocupación actual, creo que mamá está satisfecha. Satisfecha de haberme encasillado, por fin. La niña mayor le había salido esquiva como una anguila, pero por fin parece que «se ha centrado». La verdad, si estar centrada es justo eso, creo que necesitaré drogas muy muy duras para mantener la cabeza callada y quieta en su jaula.

12

«Marry me!» He tenido amantes fabulosas, pero nunca me lo han parecido tanto como el día en que las he dejado. «Cásate conmigo», repitió Veronika. Estaba realmente preciosa. Era alta, como mínimo tres tallas de mujer más que yo, toda una belga con aires de vikinga formada en las mejores universidades de Flandes y Estados Unidos. Carnes abundantes y firmes, pechos redondos y suaves como un globo de agua, cabellos densos y brillantes que siempre me recordaban los manojos irreales de fibra óptica que un técnico hizo pasar por la fachada del pisito en Barcelona. Sus ojos eran formidables, un minucioso mosaico de cristales que se me quedaban mirando, palpitantes como fetos, inexplicables como milagros, cuando se corría debajo de mí. A las dos nos encantaba el chocolate. Comprábamos bombones en Godiva, nos encerrábamos en su apartamento y nos los comíamos en la cama fundiéndolos sobre nuestra piel. Desde entonces el sexo con comida es una de mis debilidades. Ella tenía siete años más que yo y ocupaba una especie de cargo directivo en C&A. Nos conocimos por casualidad, porque si en algo creo es en las casualidades. Existen, pese a los titánicos esfuerzos de las nuevas religiones por negarlas. Hacía apenas tres meses que me había instalado en Bruselas, y había alquilado una habitación en casa de una mujer de unos sesenta años largos. Se llamaba Brigitte, llevaba dentadura postiza y tenía un perro enorme, viejo, peludo y negro, que dormía en mi habitación en una especie de jergón espontáneo formado en la moqueta por acumulación de bolas de su pelo. El perro se llamaba Taps. La habitación era la más grande de la casa y tenía de todo: una cama doble con un colchón lleno de protuberancias, un sofá descolorido pero cómodo, un armario carcomido, un escritorio antiguo, una cómoda en buen estado, un equipo de música y una televisión. Un miniapartamento bastante céntrico y bien de precio. Brigitte habría representado una proyección de mi futuro a largo plazo si no fuese porque mi tía me había puesto de patitas en la calle: pensionista vitalicia con perro autista por única compañía. Era muy amable. «Que fait une fille comme vous à Bruxelles?» Le expliqué que acababa de licenciarme y no encontraba trabajo en mi país. En realidad, no me había tomado la molestia de buscarlo, pero como tenía suficientes ahorros para pagar un alquiler barato durante seis o siete meses y necesitaba huir de Barcelona, decidí viajar. Elegí Bruselas, porque una ciudad que tiene como símbolo un niño meando tenía que gustarme por fuerza. No avisé a mis padres hasta al cabo de dos semanas de haberme instalado allí. Política de hechos consumados, pura supervivencia. Como los ahorros menguaban a gran velocidad, al cabo de un par de meses publiqué un anuncio en una revista. «Profesora de español», decía, y me olvidé de él. Pero me llamaron para mantener lo que puede considerarse una conversación sospechosa. Mi interlocutor parecía un chico inglés y me dijo que dirigía una academia de idiomas. Le urgía encontrar profesores de español y me citó para una entrevista en un barrio periférico. Lo consulté con Brigitte, quien me confirmó que el barrio era tan sospechoso como la llamada.

La mañana de la entrevista dejé una nota sobre el hule de la mesa de la cocina, donde sabía que Brigitte la encontraría, con la dirección de la academia y la sugerencia de contactar con la Interpol si no regresaba a casa en veinticuatro horas. Estaba muy indecisa, pero arriesgar la vida o la libertad a cambio de dinero es bastante común y al final, en el ultimísimo momento, decidí llevarme a Taps. Fue una decisión acertada. No me hacía sentir más segura, pero tener que ocuparme de alguien que no fuera yo durante el trayecto limitaba las posibilidades de volverme atrás. El viaje en metro fue largo, llevaba a Taps en el regazo y pronto se me cortó la circulación. Transbordo con las piernas insensibles, caminando como una discapacitada con un perro lazarillo. En el nuevo vagón había poca gente. Me percaté de que cada estación tenía su viajero prototípico. A veces dos o tres estaciones compartían el mismo prototipo o se superponía más de uno. Sin embargo, poco a poco los prototipos terminaban definiéndose. En la estación final me sentía por completo fuera de lugar. Al salir del vagón un adolescente consumido por las drogas me cedió el paso. ¡Benditos belgas! Son los europeos más amables que conozco. Mientras dudaba por qué boca salir, me adelantó una mujer cansada, cargada con bolsas del Colruyt. También cargaba bolsas bajo los ojos, mucho más pesadas que la compra del miércoles. Taps estaba inquieto, olfateaba a diestra y a siniestra con esa manía de los perros de olfatear los meados ajenos. Me dejé guiar por su instinto y salimos a la calle. Allí me orienté con un post-it que me cabía en la palma de la mano. No me costó demasiado encontrar la dirección.

El edificio no era de los peores, pulsé el timbre y la puerta cedió como si alguien hubiese estado esperando arriba con el dedo a punto. Aquello me puso en alerta. Nadie había preguntado por mí y estuve a punto de regresar al apartamento, pero Taps empujó la puerta con su nariz húmeda y me arrastró hacia dentro. El vestíbulo era aceptable. Un recuerdo de orín anegado por litros de lejía flotaba en el aire, pero había un par de cochecitos decentes aparcados bajo los buzones y hasta un ascensor. Me encaminé hacia la escalera, no tenía ganas de encerrarme en una jaula con un animal, aunque fuese Taps y compartiésemos habitación cada noche. En el tercer rellano me esperaba un chico inglés reclinado en el marco de una puerta abierta. Me hizo pasar. El apartamento era grande y estaba vacío, no se veía ningún mueble en ninguna parte. El chico era calvo y simpático y nos sonrió alternativamente a Taps y a mí dos veces. Se me ocurrió que aquel era un piso tapadera con un montón de mujeres guapas en la habitación del fondo, amordazadas y atadas de pies y manos con la misma cuerda de nudos imposibles. La boca se me secó al instante. ¿Qué sería de mí? ¡Yo no era guapa! Multiplicidad de pensamientos emergían y se disolvían en mi interior como salpicaduras, como flashes de noche en gradas, como oscilaciones de espectrógrafo. El chico inglés nos hizo pasar a un pequeño despacho y allí recibí la gran sorpresa. Una mesa, sillas de oficina y una larga estantería llena de libros de texto. Con la repentina bajada de adrenalina me dio un vahído y tuve que sentarme. El chico inglés lo aprovechó para explicarme su proyecto. Tenía profesores de «todos los idiomas» trabajando para él. Los clientes eran grandes empresas con las que concertaba clases particulares para directivos, a domicilio y en horarios pactados. Los honorarios que me ofrecía eran de cuarenta y cinco euros la hora. ¡Cuarenta y cinco euros la hora! ¡Y aún debía quedarle un gran margen! No podía creérmelo, pero acepté el trabajo y di mi número de cuenta a aquel inglés espabilado, consciente de que no debía hacerlo. A cambio él me entregó su tarjeta profesional, los libros de texto Español 1, 2 y 3, y una cuadrícula de horarios. También firmé un contrato sin tener nada clara su legalidad. Lo cierto es que me daba exactamente igual. Nos despedimos y me dijo que me llamaría pronto para concertar las clases con el primer cliente. Salí pitando, Taps resoplaba como un asmático detrás de mí. Cuando me senté en el metro me di cuenta de que me temblaban las piernas, ¡pero me sentía feliz! Sí, como si me hubiesen mandado de campamento mientras mis amiguitos se hallaban encerrados en un pulmón de acero. Era una extraña categoría de felicidad, la que procede de una desgracia eludida. Devolví a Taps a su propietaria en condiciones aceptables y dediqué la hora de comer a hojear los libros de texto.

A media tarde sonó el teléfono. Las llamadas a media tarde, si son de origen laboral, suelen ser inofensivas. Era el gran emprendedor inglés, my boss, que me dictaba los datos de contacto de mi primera alumna. Se llamaba Veronika Goossens y era directiva de C&A. Vivía en un apartamento en el centro y no tenía ninguna noción de español. Su empresa había solicitado para ella un curso intensivo de siete horas y media semanales en horario de lunes a viernes, de seis a siete y media de la tarde. Era un horario inaceptable para cualquier oriundo, porque coincidía con una franja de ocio casi obligado, pero yo era una inmigrante, y además, el tiempo de ocio solía hacérseme tedioso, prefería pasarlo leyendo y me era indiferente leer a una hora u otra. Busqué la dirección de la tal Veronika en el mapa, después me miré en el espejo. Tenía que hacer algo con mi aspecto o no me dejarían bajar del metro en aquella estación. Se trataba de un pequeño problema de prototipo de fácil solución con una visita relámpago al centro comercial, así que dediqué la mañana siguiente a «ir de compras», lo que me valió la renovación de medio vestuario. No del todo mi estilo, pero suficiente, un sobrio-elegante sin mucha filigrana. Evité el C&A adrede. A las seis menos cinco de la tarde llamé al timbre de una casa preciosa en una calle perpendicular a la Grand Place, no muy lejos de mi casa, la verdad, pero ni punto de comparación. En menos de dos segundos recuperé mi sexualidad olvidada en el doble fondo de una maleta guardada bajo el colchón plagado de protuberancias. Hay mujeres que me hacen sentir absolutamente lesbiana. No es que nunca me haya sentido atraída por ningún hombre, es que hay mujeres con las que se es lesbiana hasta cierto punto. La lesbiana compite con toda otra serie de roles simultáneos como en una suerte de juego de intensidades. Mi persona se halla en permanencia habitada por inquilinas fideicomisarias: la hija, la hermana, la amiga, la exuniversitaria, la vecina, la lectora, la tía, la propietaria, la clienta, la usuaria, la segura y su contraria, etcétera. Todas esas bárbaras conviven y rivalizan con la lesbiana. Pero frente a Veronika la lesbiana lanzó sus ensordecedores agudos y los sostuvo tan alto y durante tanto tiempo que tuve que obligar a la profesora de español a hablar. Pero ya no lo hacía yo, mi yo más íntimo se hallaba conquistado por la lesbiana, enteramente sometido. Era ella quien daba voz a mis otros yoes, títeres menudos y dóciles en sus manos. «Bonsoir. Je suis la professeur d'espagnol.» Ella sonrió. Se produjo la eclosión de una rosa pálida en su sonrisa y descubrí sus dientes, perfectos como estalactitas romas. «Bonsoir. Je suis Veronika. Enchantée.» Se inclinó un poco para darme tres besos. Nuestras mejillas apenas se rozaron, pero noté la caricia de su maquillaje en mi vello facial, alerta como sensores. Me condujo al salón. Era un apartamento reformado en un edificio centenario y tenía toda la apariencia romántica de lo nuevo antiguo. Diseños sencillos, salvo algún mueble de restaurador, insólito pero integrado como un huérfano guapo y listo. Tuve la impresión de que todo eran superficies llanas y lisas. Ni un pomo en los muebles, que eran de aristas pulidas sin ningún exceso de redondeamiento. El ambiente fluía en una constante secuencia de orquídeas blancas. De hecho, en general percibí mucho blanco y mucho gris. También en ella, que rezumaba una pulcritud máxima. Su piel era blanquísima, y el traje chaqueta, gris oscuro. Un jersey marfil se agarraba a su cuello como una mano y ofrecía su rostro, donde lo que más destacaba eran unos ojos altos y alargados, islas de una luz extrañamente potente y cálida. Llevaba el pelo recogido en una cola baja con un pasador rectangular de nácar, todos y cada uno de sus cabellos, como si los hubiesen reunido y recontado antes de recogerlos, como si todos tuviesen la misma longitud, incluido el antipático vello de las sienes que yo aún arrastraba de mi época de lactante. Nos sentamos a la mesa del comedor, me ofreció bebida y acordamos dar las clases en español y resolver las dudas en inglés, porque mi francés no daba para tanto. Mi lesbiana me permitió impartir una primera lección satisfactoria pese a mi continua distracción con sus manos. Adoro, adoro las manos de mujer. La piel fina extendida como una membrana de constelaciones, los dedos agudos, la movilidad casi musical de las coyunturas. Veronika llevaba las uñas cortas con una capa de esmalte transparente. Uñas cortas como a mí me gustan. Lo pensé decenas de veces. Uñas cortas como a mí me gustan, uñas cortas como a mí me gustan. En realidad, quien lo repetía era mi coño, pensador impenitente. Una hora y media más tarde nos despedimos hasta el día siguiente. Veronika necesitaba aprender el máximo de español en seis meses porque la destinaban temporalmente a América Central y a América del Sur. C&A consolidaba nuevos horizontes.

13

Maldito móvil. Cada vez que suena pienso «A este lo mato conmigo». Será también la manera de matar a los contactos. Es mi hermana. «Dime.» «¡Hola, cielo!» ¿Mamá? «¡Ya ha nacido! ¡Es una niña! Te paso a tu hermana.» Transmitir noticias importantes: el único orgasmo que conoce.

14

Acabo de fregar la bañera. Daba asco sentarse en ella, he tenido que desincrustar los adhesivos naranja en forma de cangrejo que había al fondo y que han dejado marcas orilladas de hongos negros que no hay forma de eliminar. Lo consulto un momento en internet y bajo al súper a comprar un estropajo de níquel y lejía. Friega que friega. Al cabo de una hora los hongos se rinden, pero no la silueta de los cangrejos, que parece estampada en la porcelana con fuego. Es extraño, ¡sorprendente!, lo que el paso del tiempo es capaz de hacer con la cola de algunos adhesivos. Seguro que las gomas adherentes de hace veinte años eran más agresivas que las de ahora. Hace veinte años todo era más agresivo, los metales pesados se encontraban hasta en los biberones. Debe de ser por eso que los niños del baby-boom somos una generación excepcional, drogada desde la cuna. Lleno la bañera con agua tibia hasta arriba, pero enseguida me doy cuenta de que es un error. Antes debería haberme duchado. Lo hago, me enjabono el cuerpo y la cabeza, me aclaro, me escurro bien el pelo y me seco a conciencia. Empiezo de nuevo, esta vez de verdad. En las películas las mujeres se pintan las uñas y los labios de rojo vivo antes de hacerlo. Siempre me ha parecido un detalle pintoresco. ¿En serio piensan que al cabo de tres horas, o al día siguiente, o al cabo de quince días aún estarán de buen ver? No estoy para historias yo, tengo prisa. Ahora va en serio. Recojo los pelos enroscados en el desagüe con un trozo de papel higiénico, lo arrojo a la taza del váter y tiro de la cadena. Aunque sean míos, la acumulación de pelos mojados en aquel agujero lleno de agujeritos más pequeños da asco. Vuelvo a llenar la bañera de agua tibia hasta arriba y saco las velas de la bolsa del Schlecker. Son velas decentes, cúbicas, con tres mechas cada una y aroma de flor de ciruelo japonés o de loto de las Fiyi. Saco también las Gillettes, media docena más dos de regalo, flamantes. No las he utilizado nunca. Ni tocado, ahora que lo pienso. Vienen en una indestructible bolsita de plástico que tengo que abrir con las tijeritas de cortar las uñas. Las dejo sobre la tapa del váter, junto con las velas. Son graciosas, una al lado de otra, como T de imprenta de las de antes. No sé por qué pienso en Virginia Woolf. Debe de ser por su marido, que tenía una imprenta en un pueblo. Pero Virgina Woolf lo tenía mucho mejor que yo, el Ouse era un río sano, no como los de aquí, contaminados a más no poder y plagados de locos por el deporte patrullando sus riberas. No entiendo cómo no he pensado en traerme un libro. ¿Llegaré a leer algo? ¿Tendré suficiente tiempo? Empiezo a disgustarme. No lo tengo todo tan bien planificado como creía. Un codo roza la cortina de baño. Es una cortina alegre, llena de mariposas multicolor. Vaya. Acabo de detectar una colonia de hongos en el borde inferior, una población realmente importante que va diseminándose a medida que se aleja de la costura. Me pregunto si debería dejar la cortina colgando por dentro o por fuera. Vista de cerca aún da más repelús que la colonia de hongos en forma de cangrejo. La cortina sobra. Resuelto. Desencajo la barra metálica y enrollo la cortina. Decido llevarla a la galería, porque en el baño no puede quedarse, no hay suficiente espacio. Además, tengo la esperanza de lograr una bonita escena final. O si no bonita, al menos ordenada. Parezco un soldado un poco extraño, corriendo desnuda por el pasillo con una lanza embotada y mi blandito escudo de mariposas. Vuelvo. Sin la cortina ha mejorado. Y sin la barra. Una barra sola es desoladora, ha sido una buena idea quitarla. ¡Pido tan poco! Una muerte digna, morir desangrada. Dicen que es lo más parecido a dormirse. Tengo pipí. Los condenados a muerte siempre tienen pipí. Pero yo no soy una condenada. Si no hiciese pipí, ¿se me escaparía después de muerta? Supongo que los esfínteres se relajan, y más en el agua caliente. ¿Y los esfínteres anales? Diría que no, pero no tengo ningún motivo para creer que unos esfínteres se relajan y otros no. Me desagradaría mucho que se me relajasen los esfínteres después de muerta. Decido hacer pipí. En el bidet, porque la taza del váter está ocupada por las velas y las Gillettes. ¿Debería hacerme una lavativa? Mamá utilizaba supositorios para ir de vientre, pero solo cuando ya estaba a punto, y yo ahora ni estoy a punto ni tengo supositorios. Lo que sí tengo son cinco cartuchos de fogueo que papá me regaló cuando era pequeña. Eran un recuerdo de la mili y quizá ahora cumplirían la función, aunque si después no saliesen, si se me quedasen dentro, y si por lo que fuera me tuviesen que hacer una autopsia, el patólogo pasaría un mal trago. Tengo miedo. Mi miedo tiene pensamientos, pensamientos posesivos que es necesario eliminar. Me limpio el coño con un chorro de agua y me seco con la toalla de manos. Desocupo las esquinas de la bañera de botes de champú, gel, suavizante, jabón íntimo, crema hidratante, aceite de almendras (pienso en cianuro) y los realojo en el bidet. Agarro las velas. Mierda. Son demasiado grandes, resbalan, caen al agua y salpican por todas partes. Decenas de gotitas se me enfrían encima casi de inmediato y ahora tengo la piel de gallina. No. ¡No! ¡Este no es el estado de ánimo que yo necesitaba! Miro las Gillettes, que parecen inofensivas. Pero yo sé que no. Agarro una Gillette y me sierro la muñeca. En vertical. Sin mirar. Me detengo. No siento nada. Pero dicen que abrirse las venas es indoloro. Miro. No ha pasado nada. Miro la Gillette. Inspecciono la Gillette. Mierda de Gillette: tiene un capuchón transparente. No tengo ni idea de cómo cojones es una Gillette, pero esto que tengo en las manos no es más que una maldita e inofensiva maquinita de depilar.

15

«¿Cómo es estar con una mujer?» Mi hermana, a las doce menos cuarto de la noche. Estamos sentadas en la salita mona de su pisito. Lo acaba de dejar con su último novio y a mí no me ha quedado más remedio que darle apoyo. Hacer de hermana comprensiva es como un prospecto de anticonceptivos, tiene una lista de contraindicaciones y efectos secundarios adversos más peligrosa que la Gorgona. A las once decido llamar al chino. «Pollo con almendras, gambas agridulces, tallarines con ternera y un arroz tres delicias.» Siempre pido lo mismo, así me ahorro la relectura de esos menús tan deprimentes. «¡Ah! Y pan chino», añado. «¿Para bebel?», pregunta el chino. Y yo qué sé. «Cris, ¿qué quieres para beber?» Mi hermana hace un gesto de impotencia desde el otro lado de su barricada de pañuelos de papel. Se halla en el colmo de la autocompasión, y eso es inconciliable con el habla. «Una Coca-Cola y un Nestea», improviso. Me hacen repetir la dirección tres veces. Cuelgo, me dirijo hacia el sofá y empiezo a recoger pañuelos. El tacto frío de los pañuelos húmedos es muy desagradable. Resulta turbador que cierta variante de tristeza sea capaz de generar tanto residuo. Me llevo la caja vacía de la mesita auxiliar y, como solución provisional, dejo en ella papel de váter con relieve de cachorritos de perro y olor a talco. «Ahora vengo», digo a mi hermana. Me pongo la chaqueta, me enrollo la bufanda y pillo dinero y las llaves. Los gustos de mi hermana son incompatibles con los pañuelos del paqui de la esquina, así que bajo por Gran de Gràcia hacia la Diagonal. Troto. Ahora mismo mi hermana es una incapacitada funcional y solo le faltaría que el chino llegase a casa antes que yo. Entro en el Opencor. Es un lugar agradable e inquietante. Siempre complace que te reciban a esas horas de la noche estando todo tan bien ordenado y con los dependientes frescos como baguettes. Infunde seguridad, pero también cierto desasosiego por los dos o tres clientes que deambulan con sus magnéticas auras de soledad. Intento no cruzármelos y agarro tres cajas de pañuelos Agatha Ruiz de la Prada, pequeñas y coloridas con ornamentos. Corazones, florecitas, besos. Las encuentro tan aversivas que estoy segura de que a mi hermana le gustarán. Me encamino hacia la sección de vinos y escojo dos botellas de tinto por el diseño de la etiqueta. «Enuc del Priorat», pone. Pienso que la similitud con «eunuco» puede ser una influencia subliminal que ayude a mi hermana a banalizar la relación con su exnovio. La compra es lastimosa, pero responde a mi objetivo: escapar cuanto antes mejor de la perniciosa influencia gravitacional de mi hermana. Ya en la caja, pillo un paquete de chicles «frescor 60 min». Mascar chicle me causa gases, pero leí en alguna parte que aumenta la concentración y esta noche necesitaré dosis extraordinarias de ella para no olvidar ninguna de las intervenciones de mi personaje en el guion. Todo junto son treinta euros. Los pago con la MasterCard para tener suficiente efectivo para el chino. Si mi hermana fuese diferente, treinta euros me bastarían para el chino y el paqui, pero no, ella siempre ha tenido aires de grandeza. Hoy se rebajará a comer chino porque vio en una serie policíaca que ese tipo de menú es ideal para las noches en vela. Quizá me dejará hacer café. Ella no bebe nunca, en su catecismo el café es equivalente al cerdo para los judíos. Tampoco come cerdo, no porque sea judía sino porque su catecismo es muy estricto en materia de alimentación. Solo tolera la carne blanca, siempre que sea ecológica y en poca cantidad. Qué lástima, acabo de darme cuenta de que tendré que comerme yo solita los tallarines con ternera. Pero da igual, me gustan, de hecho me encantan. La carne roja en general me encanta, soy una gran amante de las diaminas cadaverina y putrescina. Los aminoácidos en descomposición, ¡qué gran fuente de vida! Solo tendré que convencerla de que el pollo del chino es ecológico de verdad. Nada de crianza intensiva en granjas periféricas, nada de antibióticos y hormonas de crecimiento acelerado. El pollo del chino es cien por cien casero, se ha criado en una bañera en un piso patera a base de sobras de arroz frito. Da exactamente igual que se lo crea, esta noche mi hermana se tragaría cualquier cosa. Una estocada en el amor propio provoca una herida profunda pero no mortal, un agujero negro capaz de digerir fragmentos de muerte con el recuerdo.

16

«You know I cannot marry you. We are lesbians!», exclamo. Veronika sonríe. «Of course we can! Since the 30th of January!» Oh, Lord! Legalizar el matrimonio homosexual ha sido una gran cosa, no lo discuto, pero a mí ya me iba bien antes. El matrimonio, como la serpiente de coral, no siempre es venenoso, pero es preferible no acercarse a él por si acaso. Bueno, para ser exacta a la serpiente de coral no venenosa se la llama falsa serpiente de coral, y eso lo dice todo. Debo hacer una declaración, ahora: no soy una persona sincera. No, soy una persona que miente. Miento desde que tengo memoria, mucho, cada día, de forma casi inconsciente, natural. Miento tanto que he llegado a pensar que quizá padezca algún tipo de patología. Pero lo cierto es que eso afecta tan poco a mi vida diaria que no veo la necesidad de hacer nada al respecto. Es más, acabo de llegar a la conclusión de que miento para facilitarme la vida, y pensándolo mejor —¡dichosa escritura!—, ahora me percato de que utilizo tres tipos de mentiras. Están las mentiras acomodaticias, las evasivas y las pesadas. Si aún estoy viva es gracias a eso, son los históricos rodillos sobre los que fluye mi vida, lo único que debo hacer es recoger los que quedan detrás y ponerlos delante, sin parar. En el fondo soy esclava de mí misma, pero el día que ya no pueda más morirá la esclava, no la otra, la que todo el mundo conoce, la que parece vivir mi vida en libertad y que no soy yo. Es un corazón encadenado. Los corazones nacen encadenados. Vivir desde el corazón es un error si se hace creyendo en la propia libertad, porque la libertad es el dominio de la mentira, mira por dónde. Mentir es una manera de resistir, una estrategia de camuflaje para individuos socialmente poco agresivos como yo. Las mentiras acomodaticias permiten la convivencia con los elementos desagradables de la realidad. Las mentiras evasivas, en cambio, evitan las explicaciones, minimizan la comunicación con los seres indeseables, o en circunstancias indeseables, con los seres en general. Y las mentiras pesadas, ¡oh!, las mentiras pesadas evitan juicios insoportables sobre la propia persona. Tengo plena conciencia de que viven aferradas a un miedo brutal. Pero el miedo brutal puede ser una gran fuerza motriz, tiene una capacidad formidable para trastornar las relaciones más sólidas. Quizá por eso me niego a establecer vínculos emocionales. ¡Dios mío, qué digo! ¡Si el léxico psicológico modernillo es metadona para débiles mentales! Pondré solo un ejemplo. Mentira pesada: «Marry me!». Veronika está preciosa, más que nunca. Hemos follado toda la tarde como animales al borde de la extinción, si fuese macho seguro que la hubiese preñado. Todo mi cuerpo dándose como un chicle caliente y denso, amoldándose a cada una de sus cavidades, buscando el punto donde el exterior termina y se abre a la íntima y desnuda pulpa del interior. Sentía la necesidad de encontrarme con su esencia, de integrarme con ella. Había un amor tan inmenso que excluía la palabra «amor». Los dedos, los labios y las manos, y la nariz y la lengua y los pies, y los dientes y el cabello, y mi clítoris, increíblemente triplicado en tamaño como un micropene altivo… todas mis extensiones forzadas dentro de ella hasta el extremo por el potro de un deseo ilimitado. (Me pregunto ahora por qué hay extremos de finitud existencial a los que la muerte no puede siquiera aspirar. La muerte requiere soledad para ejercer su poder, y amor y soledad son hermanas excluyentes. Así que tengo la obligación de repensar mi propia muerte más adelante.) «You know I cannot marry you. We are lesbians!» Veronika sonríe. ¡Claro que podemos casarnos, desde el 30 de enero del año pasado! Y aunque no pudiésemos, ¡«marry me» es el más puro voto de permanencia! De repente en mi interior vibra un vidrio finísimo que se rompe en dolorosas láminas. Veronika coloca entre nosotras una cajita de bombones, menuda y perfecta, con su lazo de Godiva y su sello dorado en relieve. No quiero abrirla, pienso al abrirla. «Marry me, my love.» Dentro están los bombones que a mí me gustan y ese precioso anillo de oro extraño, ancho y con dibujitos encriptados. Lloro por dentro. «I can't», digo. Ella también rompe a llorar, sin perder la tranquilidad, en silencio. Pero no puede ser. «There's another woman in my life», miento. Toda ella era un grito de vida. Mi vida, en cambio, era un grito de muerte.

17

«¿A qué te refieres exactamente con eso de estar con una mujer? ¿A cómo es follar con una mujer?», pregunto. Claro que se refiere a eso, pero mi hermana me mira con cara de lenguado. «¡Acabo de dejarlo con Ian!», exclama. De hecho, lo escupe con la intención de clavármelo en una diana sentimental que no poseo. Me siento en el sofá, cerca de ella. Es un sofá de piel blanca sintética que cada vez que me siento chirría como la suela de las zapatillas en los polideportivos, por eso lo evito. Extraigo un chicle de la cajita, me lo meto en la boca y mastico. Una frialdad extraterrestre me hace salivar como un perro envenenado. Tengo que concentrarme. Masco deprisa para superar el instante crítico en que los edulcorantes artificiales agreden la primera línea de células bucales. Intento situarme. Necesito unos meses en esa habitación de invitados, así que debo concentrarme mucho. «Tienes razón, perdona», le digo. Gracias a esa insignificante mentira acomodaticia mi hermana recupera sus habituales niveles de autocomplacencia y se echa a mi lado con la caja de pañuelos Agatha Ruiz de la Prada de florecitas en el regazo. La acaricia como a un gato, con movimientos cortos y dedos envarados, chapuceramente cariñosa, y acaba reclinando la cabeza sobre mi pecho, dispuesta a escuchar la historia. Deseo que el chino no tarde mucho. El pelo de mi hermana parece limpio, pero emana cierto olor a grasa que me hace pensar en churrerías y siento una incomodidad ab-so-lu-ta. «¿Recuerdas aquella película de cuando éramos pequeñas? –empiezo–. Se titulaba *La gran evasión*. La vimos con papá al menos siete u ocho veces. Iba de unos aviadores americanos reclusos en un campo de prisioneros de la Alemania nazi. Conseguían excavar un túnel larguísimo que atravesaba todo el recinto del campo. Pero la noche de la evasión, cuando salían del túnel, se percataban de que les quedaban seis metros para llegar al bosque. ¡Habían errado en los cálculos seis metros! Luego no tenían más remedio que jugarse la vida recorriendo esa distancia expuestos a la mirada de los guardias. ¿Te acuerdas?» «No», suelta con indiferencia. «No importa. Lo que quería decir es que estar con una mujer es como sacar la cabeza al exterior y descubrir que de verdad has excavado esos seis metros que quedaban.»

18

Conseguir un trabajo gracias a una buena recomendación debe de ser lo más parecido al enamoramiento. Te instalas en una sensación de ingravidez intensamente placentera durante cierto tiempo, como si de pronto la vida se dejase llevar por una alameda y se asomase a un ancho puente sobre aguas quietas. Te abstraes de ti misma mirando los patos verdes y sus familias monoparentales. ¡Todo ello tan indoloro! ¡Y tanta belleza se revela, renacida en el propio rostro, invasora de las mitades amables de la otra gente! Es una vivificación de los sentidos. Redescubres el sol, la luz solar proyectada por doquier, extendida sobre capas externas de materia como figuras geométricas en reposo. Pensar que ese estado podría ser una cosa normal me supera. Si fuese permanente, ya no extrañaría más el generalizado afán de aspirar a vivir día tras día. Pero dudo que sea posible tanta perpetuidad. El futuro aguarda y es un reno parado en una carretera secundaria. No tengo ninguna duda de que los animales parados en las carreteras son suicidas. Quien no haya sabido encontrar su Amanita phalloides siempre puede ensayar la ruleta rusa en la carretera. ¡No falla nunca!

Un día pensé en la ruleta rusa, pero me imagino con un revólver en la mano y creo que se me escaparía la risa, las cosas nuevas siempre me la provocan. Quizá de ahí proceda esa necesidad que tengo de búsqueda constante, ese alma de roedor. Y luego estaría eso de apuntar bien para no errar. Seguro que el gatillo requiere una buena musculatura en el dedo índice. En la tele parece fácil, pero también lo parecen los orgasmos y yo, que estoy muy capacitada para lograrlos, tengo que reconocer que es necesaria una base, cierto nivel intelectual. Porque el sexo reside en el cerebro. Los únicos orgasmos vaginales de mi vida los he alcanzado durmiendo, cuando diversas mujeres penetran mi vagina con manos deformes que parecen pies de cerdo. Cuando tengo sueños como ese suelo despertar en pleno éxtasis orgásmico. Lo curioso es que no tengo sueños de muerte. Al parecer mi inconsciente solo quiere viajar y follar. Paso las noches alojada en hoteles, y en tiendas de camping, caravanas, carros, diligencias y trenes. Nada de aviones. Practico mucho sexo con mujeres desconocidas, pero lo singular es que durante el sueño mantenemos una impresionante complicidad. No puedo quejarme, mi cerebro es un buen lugar para pasar la noche.

19

Tengo diez u once años y ha sido un día revelador. De hecho, el mes entero ha estado lleno de días reveladores. He aprendido que los seres humanos se reproducen como animales, ¡como animales mamíferos! Cuando los machos tienen el pene duro y más largo de lo habitual lo introducen en la vagina de las hembras. No solo una vez, sino incontables veces y muy rápido. ¡Rápido como pestañear! Si no lo hacen así, no vale. Parece que el acto en sí no duele, pero es sospechoso que haga gritar. Cuando ya casi han terminado, los machos escupen semen a través de un conducto localizado en el pene, que es el mismo que el de mear. ¡Lo escupen en el interior de la vagina de las hembras! ¡Da mucha grima! No, ¡da asco! Lo comentamos con las amigas de clase. Da tanto asco que decidimos no tener hijos. Decidimos adoptar niñas de China. Nos sentimos unidas por un asco que hacemos extensivo a nuestros padres y a nuestras madres. ¿De verdad hicieron eso? Y algunas hasta tenemos hermanos. ¿De verdad papá y mamá hicieron eso DOS (y hasta TRES) veces? Después la profesora de naturales nos manda hacer un trabajo en grupo sobre las placas tectónicas. Mi grupo es de cinco, tres niñas y dos niños. Vamos a casa de Laura, la niña más popular de la clase de sexto. De hecho, es la más popular de todo sexto, el A y el B juntos. Es la única rubia de ojos azules en un mundo de niñas castañas de ojos castaños. Además toca el piano y tiene un periquito que vuela por su casa cuando ella quiere. Pero lo que la hace más especial es que su madre trabaja. ¡Trabaja fuera de casa! Y cuando Laura llega a casa al salir de clase, a veces está sola hasta la hora de cenar. Laura abre la puerta de casa con una llave que lleva colgada al cuello en una cadenita de plata. Detrás de ella entramos los demás, un poco excitados y un poco cohibidos porque sabemos que esa tarde no habrá nadie que nos vigile, ningún adulto. Y eso no pasa casi nunca, solo le pasa a Laura. Ella actúa como si fuese más mayor, nos dice que podemos dejar los abrigos y las mochilas en su habitación y nos conduce a la cocina. Su madre nos ha dejado Bollycaos y una botella de Zumosol sobre el mármol. Laura propone que merendemos en el sofá de la salita mirando la tele. Entre todos llevamos los Bollycaos, el zumo, vasos y papel de cocina a la mesita de vidrio que está delante de la tele. Entonces Laura pregunta si queremos ver una cinta de vídeo de sus padres que seguro que nos gustará. Risas nerviosas. Síes tímidos. Yo pienso que tendríamos que hacer el trabajo, pero aun así me hace ilusión ver una película fuera del fin de semana. En casa no pasa nunca. En casa no tenemos vídeo. ¡Debe ser increíble tener películas en casa para verlas cuando te apetece! Laura pone la cinta en la ranura del vídeo, que se la traga con un sonido gutural. Estamos todos expectantes, engullendo los Bollycaos sin apartar los ojos de la pantalla. Salen las primeras imágenes. Es una película que no he visto nunca, tengo muy buena memoria para las películas y no recuerdo ninguna que empiece con una fiesta en una piscina. Entonces Laura pilla el mando y hace avanzar la cinta a toda velocidad. «Pero ¿qué haces?», pregunta Ivan. Yo también estoy indignada. No vale pasar la película así. «Esperad, que me salto la paja.» De repente detiene la imagen y aprieta el play. Una tensión silenciosa surge de inmediato de cada uno de nosotros y nos une en una suerte de complot extraordinario. En la pantalla, una mujer desnuda expone sus genitales rasurados sin ningún tipo de pudor. Lleva el cabello oxigenado recogido con una cinta de indio que le atraviesa la frente. Va muy maquillada: los ojos pintados de verde, los pómulos rosados y los labios fucsia. También lleva unos pendientes en forma de aro, dorados y muy grandes. Luce una piel morena como si fuese el final del verano y lo hubiese pasado desnuda en aquella piscina. Tiene unos pechos muy grandes con pezones del tamaño de un rollo de celo. Le cuelgan un poco de un lado y de otro, pero son tal y como me gustaría tenerlos a mí de mayor. Está tendida en una tumbona. Bueno, no exactamente. Está tendida sobre un hombre tendido en una tumbona, con las piernas muy abiertas, flexionadas sobre él. Al hombre no se le ve mucho la cara, pero se sabe que es un hombre porque tiene vello en todas partes, y pene. ¡Un pene enorme, gigantesco! Mucho más grueso que el de los perros, que era como yo imaginaba el pene de un hombre, aunque no tan largo. Se me cortó la respiración. El hombre no cesaba de penetrar a la mujer, hacia delante y hacia atrás, hacia delante y hacia atrás. Toda la pantalla estaba ocupada por un primer plano de aquel pene rosado y viscoso entrando y saliendo de la vagina. La mujer ponía caras extrañas y gemía con la boca muy abierta. Sergio rio y los demás permanecimos muy quietos. Laura miraba, ya a nosotros, ya la tele. Yo sabía que lo que hacíamos no estaba bien, pero no podía ni quería dejar de mirar. ¡Era horripilante! ¡Pero tan extraordinario! Luego entró en escena un tercer personaje. Otro hombre, bajito y musculado, también desnudo, que se acercó a la mujer por un lado. ¡Tocándose el pene! Cogiéndoselo y frotándoselo con toda una mano como si le picase, aunque no mucho, porque lo hacía con tranquilidad. La mano se veía cada vez más pequeña y el pene, más grande. Cuando llegó donde estaba la mujer hizo algo que nos dejó azorados. Bueno, a todos menos a Laura, que sonreía con suficiencia, como si hallase que aquello era de lo más natural. ¡Le puso el pene en la boca! «¡Qué asco!», exclamó Anna. Pensé que aquello era nauseabundo, pero en realidad no tenía náuseas, se me había secado la boca y el trozo de Bollycao que tenía dentro se había vuelto áspero y duro como un terrón. «¿Queréis que lo pare?», preguntó Laura. «¡No!», contestamos todos. La mujer parecía querer comerse el pene, pero no terminaba de hacerlo nunca, solo lo lamía y se lo tragaba con sus labios como un anillo fucsia cerrándose a su alrededor, adaptándose a su morfología. Era sorprendente. Venas como las de los brazos de los atletas, que parecen serpientes verdosas subcutáneas, recorrían el pene de cabo a rabo. Era más amplio en la base, como un menhir de Obelix. De vez en cuando el hombre apretaba la punta con los dedos y salían unas gotas como de jabón de lavar jerséis, espeso y transparente, que con la misma punta esparcía por los labios de la mujer antes de volver a meterle el pene dentro. Aquello no era semen. Sabíamos que el semen era blanco porque nos lo habían filtrado los de octavo. Entonces ¿qué era? ¡En clase no nos habían explicado nada de nada! Cuando pareció que el hombre ya tenía suficiente, se colocó entre las piernas de la mujer, las rodillas apoyadas en el poco espacio libre que quedaba en la tumbona, y la penetró. ¡Junto con el otro! ¡Los dos hombres a la vez! No podía creérmelo. ¡Aquello debía ser doloroso a la fuerza! De hecho, la mujer no cesaba de gemir y gritar. Pero no parecía quejarse en serio. ¡No hacía nada para salir de allí! Sucedió cuando pensábamos que ya lo habíamos visto todo. El hombre de debajo sacó el pene de la vagina y lo introdujo en un agujero anterior. «¿Qué hace?», preguntó Irene. «¡Sí, hombre! ¡Eso es mentira!», exclamé yo. ¡Las mujeres no tienen dos vaginas! Gracias a dios, por fin descubría que aquello era un montaje. Tenía que serlo. «Pero ¿no ves que es el agujero del culo?», dijo Sergio, incrédulo. No recuerdo nada más de aquella tarde. Supongo que en algún momento Laura detuvo el vídeo y nos pusimos a hacer el trabajo de naturales. Lo que sí recuerdo es que, ya en casa, cuando fui al lavabo a hacer pipí y me sequé, descubrí en el papel de váter una sustancia transparente y pegajosa. No la relacioné con la película. Lo primero que pensé es que había enfermado, pero no tenía ganas de explicárselo a mamá. Por la noche me masturbé. Como cada noche desde hacía un par de años. Me masturbaba cada noche y cada mañana, en la cama, de manera sistemática. Y si me acordaba, también lo hacía en otros momentos del día, en el lavabo de casa o en el de la escuela. Aquella noche me toqué por dentro, no solo el clítoris por encima de las bragas como solía. Aún tenía allí aquella sustancia pegajosa, como baba alienígena. Me daba un poco de miedo, porque parecía que me aprisionaba los dedos para chupármelos hacia dentro. Pero, cosa extraña, no sentía ni el menor indicio de dolor. Quizá no estaba enferma. La curiosidad me hizo llevarme dos de esos dedos mojados a la boca. Estaban viscosos, como recubiertos de una gelatina de croissant casi líquida. ¡Y era tan dulce! De una dulzura especial, nueva. No guardaba la menor relación con nada dulce que hubiese probado nunca, aunque el olor recordaba al yogur de macedonia. Los lamí hasta dejarlos limpios y volví a empezar. Me mojaba los dedos dentro y me los lamía una y otra vez. Pensé que era lo más parecido a comerme a mí misma. Y aquel pensamiento condujo a otro, de manera natural, como cuando empezaba buscando una palabra en el diccionario y en la definición salía otra que no conocía y también la buscaba. Pensé si eso mismo que me pasaba a mí les pasaba a mis amigas, a Marta o a Anna. Y sobre todo, si también le pasaba a Laura, que no era exactamente amiga mía, aunque a mí me hubiese gustado mucho ser su mejor amiga. De ser así, imaginé cómo sería mojar los dedos en el chocho de Laura y qué gusto tendrían al lamerlos. ¿Dulces y afrutados como los míos? ¿O quizá dulces y ácidos, como esas golosinas en forma de corazón que sacaba a la hora del patio? Un día nos dio una a Marta y a mí para que la compartiésemos y me pareció la cosa más increíble que nunca hubiese comido. Blanda pero resistente, recubierta con aquel azúcar ácido que recordaba al zumo de limón y se deshacía en la lengua dejando un regusto mucho más intenso que el del azúcar normal y corriente. Percibí que aquellos pensamientos hacían que mi cuerpo produjese más sustancia viscosa. Me empapó los dedos y se me esparció por toda la abertura hasta más arriba del clítoris. Hacía unas semanas que sabía que eso que me tocaba por encima de las bragas cuando me masturbaba se llamaba clítoris, pero ahora que me lo tocaba directamente con los dedos recubiertos de mi jugo, las sensaciones agradables se multiplicaban por mil. ¡O por diez mil! El orgasmo llegaba casi de inmediato, sin necesidad de perseguirlo. Pensaba en el jugoso chocho de Laura y me corría enseguida. Me lamía los dedos, los saboreaba y empezaba de nuevo. Tres o cuatro veces seguidas. Hasta que sentía un hormigueo casi doloroso en el clítoris, que estaba casi insensible. Entonces me veía obligada a parar y me dormía pensando en Laura. Dándome besos en el pliegue que formaban los dedos índice y pulgar, imaginándome que eran sus labios, deslizando mi lengua en la ranura y preguntándome si algún día, cuando fuésemos mayores, Laura me dejaría hacer lo mismo con su chocho. Fue un descubrimiento fantástico y sentí lástima por la mujer de la película, la de la cinta de indio y los pendientes gigantes, que tenía que conformarse con el jugo del hombre bajito y musculado servido en cuentagotas.

20

Empezó siendo un pequeño punto, como una de esas partículas negras de arena de playa que se pegan a la piel y no hay forma de quitar. Me salió en pleno centro de la barriga, cuatro dedos por encima del ombligo. Lo encontraba curioso, tan centrado, y me enorgullecía haber producido una cosa tan original en el puro centro de mi línea de simetría. En tres semanas creció un poco, redondo y negro como un eclipse y dotado de un halo luminoso, como si su intensa oscuridad incidiese sobre la piel circundante acrecentando su blancura. Me gustaba, veía belleza en él. Era un lunar excepcional, que no debía medir más de dos milímetros de diámetro, y así permaneció durante un tiempo, quizá un año o dos. Entonces, un día, de golpe, volvió a crecer con rapidez, como hace una planta languidecida tras enchufarle un clavo fertilizante. «Eso son las cremas baratas que te pones», sentenció mi hermana. Mamá también metió cuchara. «Eso es el sol. ¿Sabías que los rayos cancerígenos del sol pueden atravesar hasta cuatro capas de ropa? ¿Aunque sea invierno?» ¿Rayos cancerígenos? «La verdad, mamá, es que no me imagino llevando cuatro capas de ropa en verano.» «Ya me entiendes. Me refiero a que infravaloramos el poder cancerígeno del sol invernal porque nos parece que es más débil, pero en realidad deberíamos llevar protección total todo el año. ¡En todo el cuerpo!» No cabe duda que la vida es una fuente de sorpresas. «¿También en las plantas de los pies?», dije en broma. «¡Por supuesto! ¿No sabías que el melanoma de pie es el cáncer de piel con el mayor índice de mortalidad?» Mamá es toda una especialista en oncología. «Joder, basta, mamá, basta.» A lo mejor hasta me sonreía la suerte, mira por dónde. Morir de melanoma era digno de ser tenido en cuenta, una palabra tan semejante a «melómano» o a «megalómano» no podía significar nada malo, violación etimológica al margen. «Deberías pedir hora con el dermatólogo enseguida —añadió—, en la privada. Si la pides a través del seguro, cuando te vean ya tendrás metástasis en los órganos internos.» Me pareció una idea sensata. Tras unos días de reflexión pedí hora en la seguridad social.

21

«Hemos decidido que seas nuestro testigo.» «¿Testigo de qué?» «¡De la boda, claro!» No puedo creérmelo. Mi hermana está lo que se dice radiante. Pero ¿qué es lo que irradia exactamente? Me mira con una sonrisa máxima. La piel de sus mejillas me hace pensar en la rodilla gastada de un niño Jesús de porcelana. De niña hice de monaguilla en la misa del gallo. Entre mis responsabilidades se hallaba la de sostener un niño Jesús de mentira ante una hilera de feligreses que venían a besarle la rodilla. Podía haber doscientos, y uno tras otro se iban inclinando sobre él. Entre beso y beso, yo tenía que limpiar la rodilla del niño con un paño de misa. Como me lo tomaba muy en serio la frotaba varias veces, hasta que el sacerdote me ladró al oído. ¡No estaba borrando la pizarra, el paño era un elemento simbólico! Y una mierda, simbólico. Algunos pintalabios son de verdad permanentes y la religión católica tiene muy pocos miramientos. Sirva como ejemplo eso de compartir la copa de sangre vertida por todos nosotros. Santa manía de intercambiar gérmenes. Fui monaguilla solo un año, después me despidieron de forma improcedente y lo cierto es que fue todo un descanso. Siempre he pensado en los despidos improcedentes como una jugada maestra de las fuerzas superiores. Imagino a Láquesis regateando a su hermana manostijeras. Debería pensar en serio en un cara a cara con Láquesis, su hermana mayor me merece mucho respeto. «¡Me caso!», anuncia la mía. «¿Con quién?» «No conseguirás estropearme el día con tus pequeñas gracias. Toma.» Me da un papelito en el que están anotados el día, el lugar y la hora, y me explica que seré su testigo en el registro unos días antes de la boda. Es decir, seré testigo en la penumbra. El día de la boda ya harán venir a testigos como dios manda. Menos mal, para ser una mala puta al menos es considerada. «¿Qué te has hecho en la cara?», le pregunto. «Un blanqueamiento dental y dos peelings faciales. ¿Verdad que se nota?» Me muestra la dentadura dedicándome una sonrisa equina. Los resultados son espectaculares, el blanco pediátrico hasta en los colmillos. «Lástima del empaste de mercurio», digo. Solo tiene uno, pero en un molar inferior, y cuando sonríe de esa forma se ve. «No entraré en la iglesia con la boca abierta», se indigna. «¿Iglesia? ¿Te vas a casar por la iglesia?» Mi hermana es susceptible de contraer matrimonio en un templo, pero pensaba que una iglesia católica sería la última opción. Antes la veo en una reserva de la biosfera, un zigurat, un santuario sintoísta, Formentera, una cueva zen, un templo budista, una pirámide o Stonehenge. Como mucho, en una sinagoga. Pero ¿una iglesia? «Claro. Queremos una boda romántica, no un mero trámite en una sala cutre del ayuntamiento, como si hubiésemos acudido allí para dar de alta al perro o pedir un informe catastral.» ¿Dar de alta a un perro? Las conversaciones con mi hermana son motivo de constante inspiración. Pienso en Paul Klee, en *El cuento del enanito*. Seguro que él tenía una hermana como la mía. Qué lástima no haber hecho Bellas Artes, tengo a mi hermana tan desaprovechada como una cesta de Navidad en casa de mamá.

22

Era francesa, en realidad marsellesa como el himno nacional. El centro neurálgico de su belleza residía en el hecho de ser francesa. Yo estaba enamorada de su nacionalidad, un segundo rostro de facciones perfectas que se amoldaba al primero como una película casi transparente, pero con el encanto de los grandes clásicos. Se llamaba Roxanne y era más baja que yo, más delgada que yo, más inteligente que yo y más noble que yo. También tenía más estudios: un doctorado en literatura y títulos superiores de inglés, alemán e italiano. Además, tocaba el piano de maravilla. En su casa tenía uno en una gran sala que yo llamaba con ampulosidad la sala del piano, y tocaba largas piezas de memoria. Era lo que mamá habría denominado de buena familia y ese ser de buena familia se hallaba presente en ella como una capa de barniz. De hecho, en cada uno de sus gestos, por insignificantes que fuesen. Cuando abría una puerta, por ejemplo, hacía un movimiento muy particular con el mentón, levantándolo ligeramente hacia un lado a la vez que bajaba la mirada, y yo siempre tenía la impresión de que daba por hecho que había alguien allí dispuesto a cederle el paso. Me cuesta explicarlo, ¡pero resultaba tan evidente cuando lo presenciaba! Practicaba la escalada, y la primera vez que vi su cuerpo desnudo, aunque en aquella época no podía ni imaginarme sin ella, pensé que todas mis futuras amantes deberían haber sido antes grandes amantes de la escalada. Sus músculos eran perfectos, vibrantes y recubiertos de una piel flexible e impecable. Cada postura de ella en la cama constituía un estudio anatómico en sanguina de una inaudita precisión, tan excitante como una primera visita al Buonarroti. Recuerdo sus abdominales, quietos e imponentes como el caparazón de una tortuga, y los arcos tensados de los brazos, los glúteos, los muslos y los gemelos, compactos como cráneos pensantes, centrados en exclusiva en mí, en mi placer, en alcanzar el extremo de mi placer. Nunca antes y nunca después he pasado tantas noches follando. Me refiero a noches enteras, cinco, seis y siete horas de follar sin descanso, por lo general estando ella encima de mí. «Háblame en francés», le pedía. Y ella me decía cosas que entendía y otras que no, aunque no hacía falta que las entendiera. Me bastaba con escucharla, con dejar que sus palabras penetrasen en mi cuerpo y lo fundiesen de una forma no previsible, extraña. Su voz me estremecía con violencia y me consumía con la rapidez de un mechón abrasado por un cigarrillo. Todo mi cuerpo se encogía y se enroscaba en un instante, agredido por su acento como una blandísima oruga asaltada por un pico de acero. ¡Ah! Lo revivo ahora al describirlo y millones de células, en mi interior, se pasan cubos de agua encendida para ir a apagar no sé qué fuego. Veloces y ciegas. El corazón se me inflama dañándome la pleura, tan poco acostumbrada ya a seguirle el juego. Roxanne. Cuando la conocí acababa de comprarse una cámara fotográfica de gama profesional. Y yo envidiaba la cámara, que pasaba todo el santo día en sus manos. Tenía unas manos blancas de nudillos finos y puntas cinceladas. Antes de tocar el piano extendía los dedos sobre el teclado, era como si reposasen en él un momento, contenidos y a la vez dispuestos como una hilera de instrumental quirúrgico aparejada antes de una intervención muy delicada. Después los articulaba con sutileza, los movía siguiendo las indicaciones de algunos músculos del cuello que se accionaban milésimas de segundo antes que ellos. Yo la escuchaba y el sonido de las cuerdas del piano me penetraba como sus palabras, estremeciéndome y generando en mi interior inexplicables oleajes y una especie de celos autocomplacientes. Seguía los ininteligibles movimientos de sus dedos avanzando el instante en que la pieza musical moría al fin. Ella adoraba a Satie. «Es fácil», decía. E interpretaba una y otra vez *Je te veux*, la primera *Gymnopédie* y el segundo *Nocturno*. «Son larguísimos», me quejaba. «Solo son tres minutos», reía ella. Y volvía a interpretarlos. Y yo me recreaba en aquella imagen de mi francesa tocando el piano. Pero a la vez moría cada segundo. Y era una manera de morir muy digna y aceptable.

23

«¿Y cómo es estar con una mujer? Me refiero a en la cama.» Son las doce y media de la noche y mi hermana ha necesitado las dos raciones enteras de pollo con almendras y arroz tres delicias para soltarse la melena. O quizá haya sido la Coca-Cola, hace más de tres años que no la prueba. Veneno letal de efectos retardados, la llama. Pero hoy es una noche especial, no todo el mundo tiene una hermana lesbiana que la consuele de una ruptura amorosa, de modo que la sesión de confidencias de esta noche es todo un extra, tiene algo de irresistible contemporaneidad, quizá incluso de obscenidad. ¡Uy! Mi hermana no puede evitar recrearse en el pensamiento de convertirse en la protagonista de un serial de moda. Ser la hermana de la lesbiana es todo un papel y garantiza la respetabilidad. «¿Quieres el Nestea?», le pregunto antes de cenar. Me mira con mirada tempestuosa, como si acabase de decidir hacer tratos con la mafia. «¡Qué caray, me beberé la Coca-Cola! —exclama excitada—. ¡Qué caray!» «Cuidado que no te suba, no estás acostumbrada a bebidas tan fuertes.» Como desconoce la técnica de la bebida en lata, le vierto la Coca-Cola en un vaso alto que me quita de las manos con un brillo vicioso en los ojos. Se siente extraña, pobre, por la noche ella duerme. Hoy, en cambio, hay grandes acontecimientos. «¿Cómo es…», deliciosa duda, «… follar con una mujer?» Juraría que ha pronunciado la palabra «follar» por primera vez, completamente ebria de Coca-Cola. «¿Así que eso es lo que querías saber?», pregunto con cierta maldad. Pero es que no soporto, no so-por-to a las pavas, aunque se esfuercen. «¡Ya sabes que no!», se defiende. Me obligo a pensar en la habitación de invitados, solo la habitación de invitados, necesaria como las uñas. «¿Quieres que te cuente otra historia?» Asiente con la cabeza llena de ojos y sonrisas aspartámicas de niña consentida y malcriada que no volverá a trincarse una Coca-Cola nunca jamás de los jamases. «Está bien», accedo. La táctica funciona. «¿Has oído hablar del action painting? ¿La pintura en acción?» Ahora dice que no. «¿Jackson Pollock?», insisto. «No.» «Muy bien.» Me voy a mi habitación y vuelvo con un monográfico de Pollock. Es impresionante, imágenes como estas hacen que me replantee mi idilio con la muerte. «¿Esto es arte? ¡Podría hacerlo un niño!» Hay que ser tonta. Tonta, tonta, tonta, tonta. La habitación de invitados está saliéndome demasiado cara, pero ¿qué puedo hacer? ¿Dónde puedo ir? El glutamato de las gambas agridulces afecta a mi capacidad de razonamiento, pero vuelvo a intentarlo. Lo intento, estoy segura de que si me esfuerzo lo suficiente podré extraer una flor de plástico del estercolero, una flor de plástico que satisfaga el latente residuo de curiosidad de la pobre lesbiana abortada que hay en el cerebro de mi hermana. «Esto que ves aquí es action painting –empiezo–, y el action painting nace de la impaciencia.» Pone cara de grillo. «Hacia mediados del siglo XX llegó un momento en la historia de la pintura en que los artistas ya no tenían retos. Llevaban siglos peleándose con una serie de problemas: el motivo, la profundidad, la forma, el color, el realismo, la fidelidad, la luz… ¡Todo! Parecía que ya no les quedaban líneas de investigación, por así decir. Y entonces llega Pollock con sus inmensas telas sin preparar, extendidas en el suelo, y ¡cataplum!» «¿Cataplum?» «Mira esto.» Le enseño el *Number 3*, paso páginas, el *Number 5*, paso páginas, el *Number 34*, magnífico con aquella terrible cabeza pensando en rojo y los dos hemisferios, en amarillo. «¡Mira! –le ordeno–. ¡Manipulación simple y limpia de la materia prima! ¡Pura experimentación! Pollock salpicaba las telas de pintura movido por la espontaneidad del momento. La obra de arte no era solo un resultado final, sino arte en el tiempo, arte en tiempo real, en acción. Impulsivo y sencillo como el dibujo de un niño, sí, pero en él subyace una preocupación refinada, ese interés por el proceso, esa magnitud de vida concentrada en el proceso. ¿Lo entiendes?» «Un poco.» «De acuerdo. Pues ahora ya sabes un poco cómo es follar con una mujer.»

24

Habían pasado siete meses. ¿Serían suficientes para la metástasis? Lo ignoraba. Ahora el lunar había ralentizado su crecimiento. Su lindo contorno se había difuminado en la parte inferior, donde ya no lucía aquel negro intenso, sino un marrón descolorido, concretado en toda una serie de minúsculos gránulos que ya no formaban parte de aquella concentración ligeramente protuberante, sino que aparecían como individuos pigmentados y solitarios unos milímetros más abajo de lo que aún podía considerarse un lunar. Para mayor seguridad, anulé la visita al dermatólogo y reinicié el proceso. Tenía por delante diez meses de espera, diez meses suplementarios para migrar, células alteradas, no hacia abajo, sino bien adentro.

25

Siempre pensé que Roxanne era suicida en mayor grado que yo. Que moriría antes, por descontado, pero por encima de todo que su deseo de muerte se había consolidado en su interior hasta convertirse en un constitutivo absoluto. También estaba convencida de que ella moriría de forma más elegante. ¿Quién habría, en su interior, que bruñía cada uno de sus actos, cada medida palabra? Las frases en catalán desfilaban por su garganta envueltas en el visón del acento francés, pero a la vez poseían una fragancia baja y portuaria que yo asociaba a su origen marsellés y que me enloquecía. En su boca el catalán sonaba tal como tendría que sonar para ser una lengua perfecta. Cualquier palabra mía pronunciada justo después parecía una triste margarita, una flor idiota. Nunca hablé tan poco con nadie como con ella. Y no gocé nunca tanto con el anticipo de una conversación. Cuando despegaba los labios, haciendo un breve chasquido con la lengua que evocaba el de las páginas de un libro expuestas a un fuerte viento, el corazón se me lubricaba de tal forma que se convertía en un órgano incapaz de controlarse a sí mismo. Cada latido, cada intencionado latigazo de vida quedaba atrapado en su interior. Y no solo el tronco, toda yo me inflamaba bajo el efecto de sus palabras. «*Què vols sopar?*», preguntaba. Y lo preguntaba así, en cursiva, porque ella era capaz de aplicar estilos al habla. Lo hacía siempre, y sin darse cuenta. Yo me mareaba. «*Encara queda camembert del que vaig portar ahir?*» Yo reducida a una oleada de placer con el epicentro en la palabra «camembert». Contestaba como podía, forzando los graves para hacerme la interesante. «Sí, claro. He almorzado salmón y he reservado el camembert para la cena.» Mentira. Mentira, mentira, mentira. He almorzado morcilla con alubias, pero no puedo permitirme estar con Roxanne y almorzar morcilla con alubias. ¡De ninguna manera! Por lo tanto almuerzo morcilla, ventilo el piso, bajo la basura al contenedor y le digo que he almorzado salmón. Porque el salmón no es exactamente como el camembert, pero al menos pertenece a la misma familia de alimentos de esos que yo, antes de conocerla, reservaba para los días en que me apetecía hacer un extra, como diría mamá. Roxanne no podía entender eso, porque toda su vida era un extra. Solía desayunar croissant, con la costra de hojaldre crujiente y el interior esponjoso y mantequilloso aún caliente. Iba a buscarlo a una pastelería que tenía a cuatro calles de casa, donde se lo guardaban. Tomaba café, como yo, pero no un café cualquiera, sino que se lo hacía traer de una tienda especializada donde lo molían en el acto, segundos antes de envasarlo. Su jamón york no era jamón york normal y corriente, sino un jamón york ahumado. Si cocinábamos en su casa hervía una pasta curiosa, con forma de caracol, dentada y rojiza, que sofreía de antemano con especias picantes y acompañaba con ensalada de brotes. Y adoraba los quesos fétidos. Me llenaba la nevera de comtés, bries, époisses, gaperons y roqueforts. Y ninguno de ellos llevaba la etiqueta que suelen llevar esos quesos cuando los encuentras en el súper, si es que los encuentras. No, siempre eran marcas diferentes, más auténticas y de importación. Y lo mismo era aplicable a todo cuanto a ella se refería. Su ropa, sus aficiones, el edificio donde vivía, su peinado. Llevaba una única joya. Un anillo estriado del ancho de un dedo en el dedo corazón de la mano derecha. Su ropa solía ser oscura. Tenía la piel blanca y le gustaban los jerséis anchos de manga larga que le tapaban media mano. ¡Yo soñaba con ella! Soñaba con la imagen de aquella mano blanca que sobresalía de la manga azul oscuro con su anillo plateado, fría y lenta como un molusco marino. Me la quedaba mirando cuando removía la pasta al wok con los palillos chinos con que solía cocinar. La visión de aquel dedo me extasiaba. El dedo del anillo. Quizá la única concesión formal a la tradicional idea de feminidad. Aunque todo en ella proclamaba feminidad: la cabeza rapada y rubia como un coño terso recién rasurado, los ojos de hielo roto, los pechos largos y constantes como lenguas en reposo sobre la gradería de sus costillas, los pezones remangados, las piernas y los pies suavísimos y monocromos como extremidades de un Kamasutra clásico. Tenía la cara tensa, lisa y modestamente llena, la boca salvaje como una grieta orgánica abierta en un fragmento de mineral y la lengua… Su lengua era otra persona, esclava de mi placer, que convivía con ella. Me hablaba, me follaba y seguía hablándome cuando era Roxanne, no ella, quien me follaba. Animal a medio domesticar, terco y salvaje cuando se adentraba en mi coño. Primero no quería. «Me encanta cuando me comes —me dijo la primera noche—, aunque yo no suelo hacerlo.» «Pues tendrás que hacerlo.» El placer es un valor inferior, aunque Scheler estaba harto de cambiar de camisa y algunos cambios son una gran fuente de conocimiento. Lo hizo. De hecho, acabó siendo lo que más le gustaba. Podía pasar en ello toda la tarde, como una leona hipnotizada por una herida. Lamiéndomelo con lentitud, rítmicamente. Yo contraatacaba. Nuestros coños se convirtieron en nuestra porcelana preferida. Les poníamos macedonia, gajos de mandarina y naranja dulce, pelados y cortados en pedacitos. Los atrapábamos con los labios o los dientes, los mojábamos dentro y nos los dábamos en la boca. A veces nos regábamos con jarabe de frambuesa o chocolate, y cuando encontrábamos una pepita la escondíamos en un pliegue de los labios o la deslizábamos agujero adentro con la lengua. En alguna ocasión, al día siguiente, cuando me secaba después de hacer pipí, me salía una pepita y me hacía sonreír. Inocente semillita en medio de la mancha de pipí, en el papel de váter. Piedra preciosa infantil, enormemente valiosa.

26

«Es una niña, se llama Arlet y tú serás su madrina.» Mi hermana, segundos después de que mamá le pasase el teléfono. Eso es absolutamente imposible. «¿No son los padrinos quienes deben hacerse cargo del niño en caso de que mueran los padres?», le pregunto. Un recién nacido no merece tener una madrina suicida. Apenas arrojado al mundo, con el culo aún transparente y la caca pastosa como petróleo, todo él una interrogación, un símbolo abierto remachado con un punto. Está claro que no puede ser, por muy hijo de mi hermana que sea. «No, tonta, la madrina es la que le hace la mona de Pascua. Y es una niña. Además, no pensamos morirnos, y en caso de que sufriésemos un accidente mortal, ¿crees que te dejaríamos las niñas? ¿A ti? Necesitan la estabilidad de un matrimonio.» ¡Ah! Bonitas dos palabras: accidente mortal. Porfirio estaba convencido de que un accidente es aquello que sobreviene y deja de sobrevenir sin causar la destrucción del sujeto. Por tanto un accidente mortal podría llegar a ser contradictorio. Imagino a mi hermana en su cama abatible con barandillas cromadas de hospital. El pelo sucio de haber parido, la piel grasienta, el camisón blanco de puntitos rosados con la barriga que se desprende debajo, la niña mamando con restos amnióticos en los pliegues del cuello y las muñecas, ligeramente hedionda como la bandeja sangrienta de los bistecs en la basura de la noche, intocable, con aquel bulto aberrante en el lugar del ombligo, tierno y pinzado con una especie de aguja de plástico de esas para cerrar las bolsas de cereales. Intocable y querida, claro. Querida desde el primer momento, con su piercing en cada oreja y un nombre. El nombre es nuestra primera propiedad, igual de dolorosa o más que un piercing. «¿Y si encuentro a la mujer de mi vida y me caso?», pregunto. «Aunque te cases, los niños necesitan la estabilidad de unos padres. Me refiero a un padre y una madre. No quiero insultarte, pero ¿verdad que me entiendes?» Miserable personita. Entenderla es más fácil de lo que ella cree. En cambio, comprenderla es tan indeseable como cultivar gusanos en una úlcera. Según ella, una lesbiana solo tiene suficiente estabilidad para hacer la mona.

27

Tengo doce años. He crecido y todo lo que se refiere al sexo, al menos al sexo de los demás, es un poco menos tabú. Nadie lo reconoce, pero por lo visto con el sexo pasa lo mismo que con algunos alimentos o con el café, cuando eres pequeño aún no tienes paladar para esas cosas. Los mayores se ríen de ti y te dicen que el caviar, el curry o el gulasch te gustarán cuando seas mayor, es solo cuestión de dejar pasar el tiempo, no falla nunca. Yo pensaba que debía aplicar eso mismo al sexo con chicos, porque tanto el acto sexual en solitario como toda la imaginería que recreaba, poblada de amigas, de chicas de las clases de los mayores, de alguna profesora, de actrices y de las mujeres que aparecían en algunas ilustraciones de los libros de arte que había por casa, era magnífica, insuperable, perfecta, deliciosa. ¡Me encantaba! Que me gustase tanto solo podía significar una cosa: lo mío debía ser sexo infantil, el equivalente a los macarrones o a las piruletas en la alimentación. O como mucho, sexo adolescente: peta-zetas y kit-kats. Estaba segura de que necesitaba madurar para tomarle gusto al sexo con chicos. De hecho, las escenas de sexo hombre-mujer que veía casualmente en la tele no me resultaban desagradables, me excitaban tanto o más que aquella escena de la peli porno de los padres de Laura. Pero ¿qué era exactamente lo que me excitaba? A los doce no había visto muchas escenas eróticas, quizá una veintena. Aparecían de improviso en algunas películas del sábado por la noche y me quedaba quieta, muy callada, al amparo del altísimo respaldo tapizado con minúsculas libélulas de mi silla, más consciente que nunca de la presencia de mis padres, sentados en el sofá, detrás de mi hermana y de mí, que también las veían. ¿No eran conscientes de la presencia de sus hijas de diez y doce años? Hacían como si nada y un duro silencio plagado de aristas crecía en el comedor. Yo aguantaba la respiración para llenarme de él, porque hasta cierto punto era un silencio excluyente y eso lo hacía doloroso. Pero al mismo tiempo concentraba toda mi atención en grabar la escena de la película. No solo los dos personajes besándose o tocándose, no. También la ambientación. Eso era lo excitante, imaginarme a mí misma en las mismas circunstancias con aquella mujer, porque yo casi siempre asumía el papel del hombre. Las *Liaisons dangereuses*, por ejemplo. Un icono que recreé noche tras noche durante años. Yo era el vizconde de Valmont colándome en la habitación de la deliciosa Cécile de Volanges, convenciéndola de la necesaria profanación de su inocencia, saciando mis deseos en su carne virgen e inexperta, aunque receptiva sobre todo al placer que yo era capaz de darle. Reconstruía la escena en la oscuridad de mi propio cuarto una y mil veces, recreándola, añadiéndole variaciones. Las sábanas blancas y crujientes, la delicada y transparente tela de los camisones, el terciopelo granate de un baldaquín, la cabellera rubia de Uma Thurman y sus labios entreabiertos que yo forzaba con mi lengua fina y experimentada, o bien la negra y ondulada melena de mi profesora de inglés y sus pechos en forma de castañuela gigante, agitados por su respiración entrecortada, anchos y blandos bajo una blusa amarilla como la que llevaba aquella mañana en clase, pero más larga, hasta los tobillos, y yo levantándole la blusa con una mano y hundiéndosela en la entrepierna. Lo mismo hacía con Michelle Pfeiffer en el papel de madame de Tourvel o con Vanessa, que había llegado nueva a la escuela a mitad de curso, insegura y preciosa, y se sentaba a mi lado. Y así con muchas otras mujeres y películas.

28

No soy una adicta al sexo, aunque pienso en sexo muchas veces al día. Pienso en escenas de sexo, pienso en cómo sería tener sexo con mujeres que me cruzo por la calle y me resultan atractivas, me masturbo casi cada noche y no acostumbro a pasar más de dos o tres meses sin una amante. El sexo me aleja de la muerte. Aun así, no me acerca a la vida. Entonces ¿qué? ¿Para qué? Tras pensarlo unos minutos he llegado a la conclusión de que el sexo me mantiene presente y a salvo en un espacio inconsciente, pero reconfortante. ¿Qué necesidad tengo de estar allí? Lo desconozco. No es que quiera morirme, ¡es que debo morir! Es mi certeza. La vida pertenece a los demás, siempre lo ha hecho. Estoy aquí y veo que pasa, la vida pasa por las vidas de los demás, es un espejismo real e inabarcable que fluye a través de las vidas de los demás, llenándolas como agua, maximizándolas como papadas. Que me haya tocado a mí es un accidente. No un accidente porfídico, ahora ya no, sino lógico en un sentido neoescolástico. Mi vida es un accidente predicable, violador. No define mi existencia ontológicamente, sino que la ocupa como patrullas, se fortalece en ella y me absolutiza. Autojustificada, me destruye. Pienso mucho en sexo, pero también pienso en alturas, en vías de tren, en Gillettes, navajas suizas y cuchillos de cocina, en barbitúricos, en piscinas y en bañeras, en ácidos, psicópatas, atracadores, banderas y semáforos rojos. Pienso en autopistas, en direcciones contrarias, puentes elevados, tiestos que caen, perros rabiosos, serpientes de cascabel. Pienso mucho en ataques terroristas, en errores médicos, en jeringuillas llenas de oxígeno, desprendimientos imprevistos, aludes provocados, simas y pozos escondidos. Pienso en huevos caducados, en exceso de alcohol, en trampas de ciervo, ratas nocturnas, escalones gastados, minas antiguas, vecinos tarados, balas perdidas, radiografías de cráneo, calambres en altamar, tiburones despistados. Pienso en eso mientras tolero al enemigo, mi kamikaze instruida, impaciente y vejadora como levadura.

29

Mi inconsciente tiene un gran instinto de vida y es extraño, porque con frecuencia los sueños me ponen en situaciones de extremo peligro. En mis sueños la muerte se concreta en animales planos y alargados, como por ejemplo serpientes, cocodrilos o escorpiones, aunque últimamente no paro de encontrarme asesinos en serie, locos equipados con sierras mecánicas, sogas de colgar, armas de fuego de todo calibre y juegos de cuchillos enrollados en esteras como los de los concursantes de Top Chef. También frecuento escenarios en pleno desastre natural, sobre todo inundaciones y volcanes en erupción. ¡Y eso me pasa casi cada noche! Cuando sueño se me activa una segunda conciencia que trabaja a pleno rendimiento y me inspira la certeza de que mi estar-allí no es del todo real, que en realidad estoy durmiendo y que por tanto puedo actuar de forma inhabitual, imprevista. Al menos eso es lo que desea mi primera conciencia, lo sé porque lo pienso. Por otro lado mi presencia en los sueños es de una nitidez y una simplicidad inauditas, como en una ilustración medieval de un incunable de la Biblioteca Británica con colores primarios purísimos, el cuerpo hierático e invisible, el rostro rígido, casi egipcio, pero abierto gracias a los ojos, que nunca han sido tan grandes, y también gracias a las manos, los dos dedos de endilgar los óvulos coño adentro alzados en advertencia, como un ángel adulto, ¡o los pies!, descalzos a pocos centímetros de la enorme cabeza de serpiente. Pienso: ¡Estira el pie! ¡Pisa al crótalo! Pon la mano en la sopera como una Cleopatra recién aterrizada en el siglo XIX, en su casita blanca y verde de alquiler en Chantilly. Pero no hay forma de hacerme caso, soy una hija desobediente de mí misma, odiosa hasta invocar el aborto. ¡Detente!, me ordeno. ¡Enfréntate al hombre de los pantis en la cabeza! ¡Dale una patada en los cojones mientras le enseñas la yugular y dejas que la sierra te la funda como mantequilla! ¡O siéntate en esta piedra y deja que la lava te cueza el culo! ¡Hazlo! ¡Prueba la muerte y así sabrás! Sabrás qué coño es lo que no te deja dar el paso. La inminencia no es sino la zanahoria con que el futuro se nos asegura. Caigo en ella constantemente. La persigo, porque en el fondo la libertad de la muerte es un eslogan muy bueno y me encantan los eslóganes. Soy una humana lista, tan lista que no puedo esperar, aunque un segundito de nada siempre es tentador. Y así pasan los días, mi vida representada se encoge como orugas y avanza. No tan real como las demás, claro, sino sumergida como la tripulación de un submarino de guerra, siempre al quite, siempre a la espera. Aun así hace como las demás y soy yo quien, incrédula, la vive y la alimenta. Tengo un instinto de conservación tan acusado que podría haber sido científica. Y de paso, pillar una fiebre hemorrágica.

30

Era una mujer. Me refiero a que era una dermatóloga, no un dermatólogo. No era guapa, pero el sol de la mañana entraba por las altas ventanas a su espalda con tanta potencia que casi la atravesaba, y eso amplificaba su humanidad y la revestía de una belleza que sin duda no tenía fuera de la consulta. Acababa de dejar al lado del ordenador un vasito de plástico con restos de crema de café en los bordes y me pareció que su lengua también tenía aquella intoxicada amarillez de después de beber café. Yo era la primera paciente del día. Había llegado un poco antes de las ocho y había estado releyendo a Kierkegaard sola en la sala de espera, preparándome. Me hizo pasar con puntualidad. Era más joven que yo y la bata de médico se veía muy nueva y le quedaba un poco ancha. Al lado del fregadero había una plantita con un par de capullos a punto de abrirse. Seguramente lo harían durante la mañana. Me sonrió y todo ello, su juventud, la bata grande, la plantita, la sonrisa, me hizo sentirme culpable. ¿De verdad debía agriarle el día a aquella doctora? Era amable. Quizá sería su primer caso de melanoma diagnosticado en primera visita y a primera vista en una mujer tan joven como yo. Ahora mi lunar tenía más aspecto de cometa que de lunar, un cometa oscuro con un potente rastro de partículas encendidas en la cola. Sus rémoras se habían reproducido de tal forma que el conjunto del lunar parecía haber cambiado de posición, ascendiendo unos centímetros por mi vientre. Según los cálculos de mamá, ahora mismo debía haber como mínimo un par de colonias de células malignas arraigadas en algún brillante órgano de mi interior. No me angustiaba no padecer ningún síntoma, estaba convencida de que no tardarían en aparecer, en cuanto el diagnóstico se confirmase. Esperaba llegar tarde para cualquier tratamiento, era mejor una evolución fugaz, un desenlace previsible. «Bueno, ¿en qué te puedo ayudar?», preguntó mirándome a los ojos. Los suyos eran castaños y centelleaban como si su cráneo fuese una calabaza y en ella hubiese una vela encendida de llama titilante. ¿Cómo podía hacerle entender que no podía ayudarme? ¿Sin herirla? ¿Sin apagarle aquella bonita llama de vida e inconstancia? ¿A ella? ¿La vocación personificada? ¿Con su túnica blanca y el aura de Madonna Sixtina que la intensa claridad filtrada por las persianas pintaba a su alrededor? ¿Realmente tenía que hacerle aquello? ¿Aquella mañana luminosa capaz de hacer estallar capullos? Definitivamente no, no sería yo quien le hiciese derramar una lágrima. «Mi médico de cabecera me aconsejó que me hiciese mirar algunos lunares», dije con inocencia. «Pues vamos a echarles un vistazo», propuso levantándose de la silla. Siguiendo una indicación de su mano me dirigí hacia la camilla. «¿Por dónde empezamos?», preguntó animada. Lo habría expresado en el mismo tono si nos hubiésemos encontrado para probar el menú de boda. No era guapa, y ahora que había escapado del arco de influencia directa de la luz, toda ella se había apagado un poco. Pero tenía unas maneras muy agradables, reconfortantes. «Son estas de aquí», contesté desenrollándome el fular verde con picos de pato naranja que llevaba al cuello y desbocándome un poco la camiseta. Hay que decir que tengo un escote poco convencional, herencia directa de mamá, con ocho lunares rojo oscuro de diversas medidas e indefinidos contornos. Lo cierto es que son unos lunares poco agraciados. Tres de ellos están agrupados en una especie de primitiva constelación en forma de triángulo puntiagudo situado en la base del cuello, un poco a la izquierda. Los otros cinco es como si alguien los hubiese volcado de un cubilete y hubiesen caído desparramados. Aunque no ofrecían muy buen aspecto, los tenía desde los diez años y sabía a ciencia cierta que eran inofensivos. Mamá me los había hecho mirar en la privada, claro, y el dermatólogo había asegurado que convivirían pacíficamente conmigo hasta el último día de mi vida. La dermatóloga acercó las manos a mi escote. Las dos manos. Unos cuantos dedos se posaron en él con una suavidad de hidroavión. La imaginé en la cama tocándome de aquella manera concentrada y sutil, decidida y experta. Sus dedos rondaban mis lunares como animales curiosos en torno a un intruso de una especie desconocida. Estiraban un poco la piel, la soltaban, palpaban con cuidado la superficie granulosa de los lunares… Un segundo. ¿De verdad me palpaba los lunares? ¿Sin guantes? ¡Sí, sí, me los palpaba! Eso sí que me dejó de piedra, ni yo me los tocaba tan a conciencia. Mis lunares eran más bien desagradables, ¿acaso no lo veía? Mi hermana me había martirizado gran parte de la infancia diciéndome que no me querría nunca nadie con aquellas manchas que terminarían volviéndose peludas y grandes como las de las vacas, que solo se enamorarían de mí si iba con jersey de cuello alto, pero que cuando descubriesen mi secreto huirían y me quedaría sola. Sola para siempre. «Solo puedes hacerte monja», aseguraba seria. Ahora pienso que quizá lo creía de verdad. Infravalorado dolor infantil. Sus palabras me recomieron los hígados hasta que un día empezaron a salirle lunares a ella, en la parte interna de los brazos, y más rojos y abultados que los míos. Durante unos meses creí en el poder de la mente, ¡había conseguido contagiárselos! ¡Ah! ¡Qué felicidad el día que sus lunares alcanzaron el tamaño de los míos y siguieron creciendo hasta casi duplicarlos! A su lado los míos parecían tímidas vietnamitas. En cambio, los suyos se erigían sobre la piel, más rosada que la mía, como extraños castillos de arena rojiza absolutamente deshechos. Un verano empezaron a pelársele. Estábamos sentadas en las toallas al lado de la piscina, jugando a cartas, cuando me di cuenta y grité: «¡Mira!». Señalaba el lunar más grande, recubierto de una especie de azúcar glas. Fue corriendo a mamá, que la tranquilizó y le dijo que volverían al médico. El médico ratificó su diagnóstico de absoluta inocuidad. Sin embargo, durante la adolescencia ella se los hizo quitar. Al parecer, por motivos psicológicos. Yo, por motivos parecidos, decidí conservar los míos. Y ahora estaba allí, dispuesta a utilizarlos. La dermatóloga acercó una lupa luminosa a mi escote y se pegó a ella un buen rato, su cara a pocos centímetros de mi pecho, mi cara completamente hacia atrás para molestarla lo menos posible. Notaba su respiración, cómo extraía oxígeno de los poros de mi piel para devolvérselo convertido en dióxido de carbono, caliente y cargado de los virus endémicos de su árbol bronquial. Pensé que aquel tipo de exploraciones eran tan contaminantes como un intercambio carnal. «Estos lunares no deben preocuparte», dijo al cabo de un rato. Se había apartado de mi escote, pero seguía sentada delante de mí, en el taburete giratorio, con las piernas abiertas y ganas de ir al grano. «¿Qué te parece si aprovechamos que estás aquí para echar una ojeadita general?» ¿Ojeadita general? Esos no eran términos médicos. Aquella mujer me caía tan bien que no merecía descubrirme un cáncer. «Vamos, quítate la camiseta, te miraré la espalda.» Era sospechoso negarse, así que pensé en arremangarme la camiseta y plegarme sobre mí misma protegiendo mi secreto como un recién nacido, dejarla jugar un ratito con la lupa, vestirme con pudor y huir de allí antes de que fuese demasiado tarde. Me refiero a demasiado tarde para ella, para su candidez probablemente intacta. Hice lo que sugería y descartó complicaciones en los lunares de la espalda. «Tienes muchos, pero son perfectamente normales», aseguró. Perfectamente normales. Si los lunares de mi espalda habían logrado sin cuestionarse aquel grado tan antinatural de permanencia, ¿por qué no yo? «¿A ver la barriga?» ¿Qué barriga? Me volví hacia ella. Era evidente que debía hacer algún comentario sobre mi melanoma antes de que me tomase por idiota, era intolerable parecerle idiota a una mujer que no fuese mamá o mi hermana. «Hace tiempo que tengo este lunar tan especial, pero no me produce ninguna molestia.» ¿Especial? Las ocho de la mañana es la hora de los argumentos idiotas. De forma que al final no había podido escaquearme. Me sabía mal por ella, no le quedaba más remedio que hacer el diagnóstico y derivarme. Centré mi atención en la plantita. ¿La regaría ella misma o lo haría el personal de limpieza? Parecía una violeta africana, tenía las hojas rígidas, carnosas y cubiertas de una pelusilla casi púber, los capullos claros y duros como huesos de cereza. «¿Esto?», dijo ella palpando la piel en torno al lunar y acercando la lupa. Sí, pensé intentando hacer estallar las flores a distancia. «Esto no es nada, de todas formas tienes que controlártelo, como todos los demás, al menos una vez cada uno o dos años.» Dejé caer el cráneo hacia delante, clavando los ojos en la barriga, y señalé con el dedo índice mi lunar estrella fugaz plagado de rémoras negras claramente cancerosas. «¿Esto no es nada?» No podía creérmelo. «No. ¡Qué va! Aunque si por motivos estéticos no te gustase, puedo pedirte hora para extirparlo.» Entonces fue mi cabeza la que de golpe se atiborró por dentro de flores lilas, rosadas y azules.

31

La conocí en la universidad, en el claustro de la facultad de Filología. Había entrado allí a leer un rato porque era el único lugar tranquilo, recluido y gratuito que había cerca de casa. Ella había ido allí a colgar unos carteles de propaganda de una exposición fotográfica, donde mostraba lo mejor de su obra hasta aquel momento en que acababa de comprar una cámara profesional. Pero lo tenía, tenía el genio para extraer belleza del mundo incluso con una cámara de plástico de payaso. Y no solo eso, su arte poseía la capacidad nada habitual de generar reglas. Sus fotos sobre Barcelona, París o Normandía, por ejemplo, constituían nuevas maneras de entender la fotografía, eran una constante recreación de espacios reales, piadosas e intensas como vírgenes, sutiles aportaciones de novedad en el mundo. Era Roxanne y vivía en un fabuloso y loco absoluto del que formé parte durante un tiempo. Cuando trabajaba toda ella se convertía en aquel absoluto, y eso era lo que más me atraía de ella, esa nuclear y rompedora intimidad que lograba evidenciar y sostener con su arte, con su obra. Ahora me doy cuenta de que fue la primera mujer a la que amé. «¿Te ayudo?», le pregunté aquella mañana. Me miró del todo consciente de lo que terminaría pasando entre nosotras. Tenía la nariz, los pómulos y los labios ligeramente respingones, como si les molestase y a la vez les divirtiese la absoluta vulgaridad de la humanidad en general, con la que se veía obligada a convivir. Contraataqué con un alzamiento de ceja y un abrir los labios lleno de suficiencia, un gesto que cuando era pequeña sacaba de quicio a mamá, quien decía que no se podía ir por el mundo con tan solo diez o doce o quince años y aquellos humos. La verdad es que la primera vez que me cantó las cuarenta no tenía ni idea de qué me hablaba, pero a fuerza de recibir broncas me percaté de que aquel gesto, que no era más que un arranque de interés por alguna cosa o persona, podía traducirse como una actitud de superioridad hacia los demás, sobre todo los adultos. «¿Te crees superior a todo el mundo o qué?» Mamá, en un restaurante de domingo. Yo ya había terminado mis medias raciones de *escudella* y ternera con setas. Me levanté para ir al lavabo y atravesé el comedor, repleto de mesas atiborradas de platos y personas muy diversas. Había mujeres con permanentes rubias en la cabeza. En casa eso no pasaba nunca, había que llevar el pelo siempre al natural, liso y con flequillo como un casco represivo. Papá no, claro, los peinados de hombre son como el sistema operativo de Apple, altamente compatibles con toda forma de vida. Cerca de la puerta de los lavabos hay una mesa con un matrimonio sosegado y tres hijos mayores, dos chicos y una chica. Conversan y ríen a la vez que intercambian porciones de comida con los tenedores. Los chicos son pura savia vital, delgados y de largas extremidades. La chica es preciosa. Lleva la cara maquillada de blanco, una doble raya negra en los ojos y los labios granates casi negros como las rosas del día de los difuntos. No he visto nunca unos labios tan impactantes, increíblemente aterciopelados y llenos, en cuya comisura había un poco de salsa rosa del pastel de pescado, tentadora como caramelo. A mí el pescado no me dice nada, pero con una chica como aquella mamá podría haberme convencido sin mayor dificultad. No tardo más de dos segundos en pasar por su lado y me basta para descubrir que lleva una mecha roja en el pelo. ¡Oh, tiene el pelo despeinado y artificial! Entro en el lavabo y me masturbo con frenesí. Con tan solo quince años y con toda la tarde de domingo por delante, ¡aún falta tanto para los dieciocho! Cuando regreso a nuestra mesa mamá luce una cara más avinagrada que de costumbre. «¿Te crees superior a todo el mundo o qué?» «¿Dónde crees que vas con esos humos?», eso lo dice papá. Oh, no. Miro a papá, ¿le han abducido? Él no habla nunca así, de hecho habla muy poco conmigo, solo «Cepíllate los dientes» y «Buenas noches». Mamá tiene poca credibilidad, pero papá… papá hace dudar. Aquella mañana dediqué la misma expresión a Roxanne y me sonrió. Tenía los dientes bonitos, blancos y ordenados como espaldas de novicias.

32

Quiero otra hermana y sé cómo hacerlo. El deseo de tener una nueva hermana es repentino e intenso. A los doce años las cosas se desean y basta, incluida una hermana, es ahora cuando me pregunto por qué. ¿De dónde nacía ese anhelo? ¿De qué carencia, o de la necesidad de qué carencia? La verdad es que tenía a mis padres muy encima, sobre todo a mamá, y respirar con una madre sentada en las costillas es difícil para una niña. Mi hermana y yo nos llevamos pocos años y ella se encuentra en la misma situación, debajo de mí, recibiendo una presión parecida, pero una nueva hermana… ¡Una nueva hermana sería un nuevo flanco! Voy derecha al dormitorio de mis padres. Es una habitación especial, mucho más especial que la habitación de unos padres cualesquiera. Mamá tiene un largo historial de migrañas y depresión y padece insomnio crónico. Y los vecinos de arriba, que son un matrimonio de abuelos, le hacen la vida imposible con sus zapatillas. Es la pura verdad, llevar las zapatillas en chancleta es como caminar con zapatos de claqué. Además, se ve que los abuelos no paran de mover sillas. «Pero ¿qué coño hacen?», exclama mamá. «Estarán barriendo», supone papá. «¿Tres cuartos de hora para barrer bajo la mesa?» Mamá termina llorando histérica, y papá, forzado al límite de su resistencia, se va a comprar zapatillas con la suela de paño, dos pares de talla pequeña de abuelo. También compra adhesivos de fieltro para las patas de las sillas. Sí, sí, todo pagado de su bolsillo. Después hace una visita sorpresa a los abuelos, les calza las zapatillas y pega cuadraditos de fieltro en las patas de todas las sillas. Aún hoy me es imposible imaginar la conversación, la cara que debían poner los abuelos. Viene una semana de paz y tranquilidad, pero a los abuelos no les terminan de convencer las zapatillas nuevas, tienen la suela fría, y los adhesivos de fieltro no soportan la imperceptible pero constante erosión diaria y se despegan. Vuelve el suplicio. Mamá está desequilibrada y descansa a todas horas. Mi hermana y yo recibimos órdenes estrictas de papá de no romper el silencio bajo amenaza de mandarnos a un internado. A mí la idea del internado me hace mucha gracia, soy una devoradora de los libros de Puck y nada me gustaría más que cambiar mi casa por un internado. Estoy tan ilusionada que convenzo a mi hermana de que nos peleemos más que nunca. Pero papá no cumple sus amenazas y termino perdiendo la confianza ciega que le tenía. Aun así, papá tiene muchas otras cualidades. Perfil de agente secreto o inventor, dotado de una increíble capacidad de recuperación y de adaptación al cambio. Como no teme llevar a cabo sus planes más estrambóticos, idea un plan infalible: convertir la habitación de matrimonio en un cuarto insonorizado. Mi hermana y yo no dábamos crédito. Los operarios reventaron la habitación y la empequeñecieron con espumas y materiales aislantes de texturas impensables. Paredes, techos, suelos, y aun la puerta y el interior de los armarios empotrados, ¡lo forraron todo! Después una decoradora hace tapizar las paredes y las deja tensas y brillantes como el interior de un estuche de joyería. Se añaden los enchufes, el somier, el colchón, las mesillas, las lámparas, las cortinas y la cómoda. ¡Y un suelo de moqueta! Mis padres entran allí descalzos, pero mi hermana y yo tenemos el acceso rigurosamente restringido y lo encontramos injusto, seguro que es agradabilísimo pisar la moqueta, que es preciosa, tupida y verde como hierba. Basta con mirarla desde la puerta para que me entren unas ganas irreprimibles de caminar sobre ella. Pero está hecha de unas fibras muy puñeteras donde la pisada queda impresa de un verde más oscuro y de la talla de pie exacta. En una ocasión intenté andar sobre las pisadas de mis padres pero no lo conseguí, las mías se veían más claritas dentro de las de ellos. ¡Maldita moqueta!, la nieve es mucho más discreta. Mamá descubrió mi profanación de su espacio sagrado y me sometió a un interrogatorio. Los interrogatorios de mamá son de sociópata, suaves y diabólicos, y hacen que me sienta culpable. Sabe cómo abrir la puerta interior que da al vacío existencial y sus insultos de mamá, aunque insignificantes, son suficientes para empujarte y hacerte caer en él. En cualquier caso hoy tengo doce años y he descubierto el método que puede burlar su instintiva vigilancia: las bolsas de plástico. ¡Bolsas de plástico! Descubrí que mamá las utilizaba cuando tenía que entrar deprisa y corriendo en su habitación a buscar algo y ya llevaba puestas las botas de salir a la calle. Una bolsa de súper en cada bota y se deslizaba por la moqueta sin dejar rastro en ella. Esta tarde hago exactamente lo mismo. Me calzo una bolsa en cada pie y me desplazo en silencio, como por una superficie de hielo, hacia el armario. En su interior, en el tercer anaquel a mano izquierda, está el costurero. Es una especie de cesta de picnic forrada de espuma con un estampado de rosas y volantes en la tapa. Lo dejo sobre la cama, lo abro y busco la cajita no de los alfileres, sino la de las agujas de coser, que son más finas. Mamá siempre ha sido una mujer muy ordenada, pero en el costurero hay un desorden increíble. Es un nido de cintas métricas y vetas blancas enroscadas, ¡seguro que soñaré con serpientes! Aparto las cajitas inútiles de botones, mamá es una gran coleccionista de botones, antes de desprenderse de la ropa vieja suele entretenerse quitándole los botones. ¿Por qué lo hace? Debe de ser un instinto acumulativo heredado. También colecciona bobinas de hilo Gütermann de todos los colores. La mayoría son nuevas, porque acostumbra a comprar la bobina del color exacto de la pieza de tela que tiene que zurcir, aunque sea un calcetín. Ahora entiendo que aquel costurero inocente era en realidad una caja fuerte, cada bobina de hilo vale una pequeña fortuna. Después de mucho hurgar desentierro un tubo de agujas camuflado en una maraña de calcetines divorciados y extraigo la aguja más fina. Guardo el costurero en su sitio, cierro la puerta del armario y me agacho frente a la mesilla de noche de papá. Tengo los nervios a flor de piel. No, en realidad tengo los nervios como una acelerada secuencia de imágenes del crecimiento de una planta, empezando por la simiente hasta convertirse en una floresta, una sorprendente y simultánea eclosión de millones de brotes en la zona del plexo solar. ¡Bum!, de cero a millones en décimas de segundo. Siento que los nervios buscan su propio espacio, cierta comodidad, provocando en mi interior una gran maraña de raíces, troncos, ramas y hojarasca. Así es como me siento al arrodillarme frente a la mesilla de noche de papá, aquel pequeño altar intocable. Pero tienen que estar allí, por fuerza. Abro el cajoncito. Una ringlera de calzoncillos blancos Abanderado, doblados y ordenados como mis braguitas. Palpo las tres pilas delanteras y después tanteo detrás, pilas de calzoncillos parecidos seguramente más viejos y más gastados, igual que en mi cajón de las braguitas, aunque a mí las braguitas de detrás me quedan pequeñas, mamá solo las conserva para casos de emergencia. Cierro el cajón. La madera maciza se desliza por las guías como una solicitud de silencio y termina en seco. Abro las dos puertas de debajo, que evocan un sagrario con sus pomos como balanceantes pendientes de hierro. Dentro, un montón de cosas desconocidas. Una caja de cartón durísimo con la palabra *Duward* inscrita en la tapa con letras negras, el cartón de las aristas está gastado y es suave como piel de albaricoque. Dentro no hay nada. Detrás de la caja toco un pliego de papeles, y justo al lado, un vacío que barro con los dedos. Pienso que es extraño hallar un vacío en un armario tan pequeño, pero me da igual porque al fondo a la derecha está lo que busco: una cajita forrada de plástico. Al tocarla el plástico cruje como el envoltorio de un paquete de galletas. Sé que es eso antes de sacarla. La agarro con una mano y la miro bien. Es una caja rojo brillante donde destacan las palabras *Durex* y *24 unidades*. El corazón me golpea como un puño. Abro la caja y saco una funda de plástico metalizada con letras impresas.

¡Tengo en las manos los condones de papá! Están ahí dentro, dos condones, uno arriba y otro abajo, aislados por una línea de puntitos, como analgésicos gigantescos. Cojo la aguja y la clavo con lentitud en el centro de la funda hasta que la cabeza sale por el otro lado. Queda un agujero pequeño pero visible. Aplasto el plástico con un dedo hasta que la incisión es casi imperceptible. Trago la saliva que se me ha acumulado en la boca y repito la maniobra con el otro condón. Querría hacer lo mismo con todos los de la caja, pero podrían descubrirme, debería ser suficiente con esos dos. Procuro dejarlo todo tal como estaba y salgo de la habitación. En la cocina abro el armarito de los desperdicios (en casa todo está bien guardado en armaritos) y hundo las manos en la basura, entro en contacto con los restos húmedos del almuerzo, busco un sustrato donde camuflar la aguja de coser y las bolsas de plástico, y rezo para que no pase lo que pasó aquel día en que mamá perdió el anillo de casada y no lo encontraba en ninguna parte. Al final papá montó una especie de top manta con papel de periódico en el suelo de la galería, se puso los guantes de fregar los platos y se dedicó a extraer la basura por capas. Había restos de comida pegados a plásticos, papeles húmedos, bolas extrañas, compresas de mamá y espaguetis de la cena, todo mezclado. Me daba asco, pero era incapaz de dejar de mirarlo. Los espaguetis eran míos. Fue una imagen perturbadora, como la de un documental donde salía una foca pequeña medio digerida en el estómago de un tiburón que había aparecido muerto en una playa. Papá estuvo fantástico, ningún comentario, la cabeza clara y las manos firmes. Pero ni rastro del anillo, que apareció insospechadamente días más tarde en el bolsillo de la bata de ir por casa de mamá. Lo que a mí me preocupa es si puede pasar lo mismo hoy que he tirado las bolsas y la aguja de coser en la basura. Porque una aguja es un objeto sin importancia, pero encontrar objetos sin importancia en lugares no pertinentes es un claro indicio de algo turbio. Pienso que no pasará, pienso que no y rezo el padrenuestro, el avemaría, el creo en un dios y las bienaventuranzas.

33

Tiempo después de haberla dejado, Roxanne se abrió las venas. Se las abrió en canal, como hace una pescadera con el vientre de una lubina, pero con cortes limpios de una extrema finura, sin drama. A pesar de todo, la encontraron a tiempo y la salvaron, la llenaron de sangre que otras personas habían donado pensando en todo tipo de gente menos en suicidas y la devolvieron a su familia marsellesa. Lo supe más tarde. Y al saberlo pensé que era la única vez que me había apartado de una mujer porque el mero hecho de estar con ella me hacía sentir infrahumana, un modelo de yeso a partir del cual ella elaboraba su vida con plenitud, abierta al exterior, con la sencillez y la elegancia de un Courbet, con la misma belleza superada, pura como una mañana completamente celeste. *Bonjour, mademoiselle Roxanne. Comment allez-vous?* Te saluda la espigadora de manos peludas y espalda resistente, toda yo una acumulación de sangre en la cabeza, la nariz atiborrada de palpitantes arañas rojas y mi futuro, un cráneo que pisoteo matando rastrojo. Los antebrazos blanquísimos de Roxanne aún ahora atacan mi memoria en momentos inverosímiles. Cuando de un día para otro desaparecen de las rotondas los ramos marchitos de prímulas y en su lugar se alzan tulipanes de cabezas blancas y rojas. Cuando bajo a comprar al súper a última hora del sábado y las largas neveras de la carne están frías y vacías, pero siguen iluminadas. Cuando una nube se mueve sin desplazarse como si en su interior alguien hiciese el amor a escondidas de los demás. Cuando voy a nadar a la piscina y aún nadie ha roto el agua. La impotencia, la ligereza, la vacuidad y la perfección me recuerdan a Roxanne y sus antebrazos, cuando aún eran antebrazos sin indicios de ninguna historia.

34

30 de diciembre. Son las once y media de la noche en la planta infantil de la Vall d'Hebron. Hace diez días que mi sobrina de seis años está ingresada allí por una uveítis biocular severa. Todo empezó como una conjuntivitis inofensiva. La pediatra dijo que no era nada y le recetó un colirio. Al cabo de tres días mi sobrina tenía los ojos inyectados de sangre, llegó a derramar literalmente lágrimas de sangre. Después, ceguera absoluta. Mi hermana pasaba todo el día en el hospital velando a la niña, con el bebé de tres meses pegado al pecho: soy incapaz de entender cómo ha podido hacerse cargo de su vida durante los periodos en que los embarazos y la lactancia le han impedido medicarse. Su marido es ingeniero y estaba de viaje en Shanghái, no regresaría hasta al cabo de tres semanas. «¿Quieres que te cuente cosas, tía?», me pregunta mi sobrina desde la cama. Se llama Clàudia, y hace tres días he descubierto que es una persona extraordinaria. Lástima de los padres. Una excepcionalidad obligada a crecer bajo una campana de cristal negro. Al principio mi hermana no se movía de su lado, pero pronto se le agotaron las fuerzas. Mamá, siendo los hospitales su

destino preferido, tomó el relevo con ganas. Aun así, renunció a ello al cabo de dos días. Clàudia era agradecida, pero no tanto como el colchón Hästens relleno de crin de caballo que la esperaba en casa. De modo que me convertí en su sustituta. La primera noche no dormí nada. La segunda noche mi cuerpo tomó el mando y me obligó a dormir, una suerte de sueño inducido, violento como una pedrada. La tercera noche llevó a cabo la digestión de mi persona. El hospital asimila el cuerpo y las ruinas del alma del acompañante en su organismo perfecto y el mundo exterior no tarda en quedar olvidado. Si fuerzo un poco el cuello veo las rondas desde la ventana de la habitación. De noche los coches que pasan parecen cometas con cola propulsados por inaccesibles desniveles emocionales. Creo que me lo parece porque el hospital genera un nuevo rasero sentimental, más comprensivo, con más matices. Clàudia es humanamente impecable. Su principal preocupación es cuidarme. No ve nada y el pronóstico es inseguro, los oftalmólogos desconocen la causa de la ceguera. Dicen que puede ser una infección, o quizá la consecuencia de una enfermedad reumática. Al parecer los ojos son como las articulaciones, susceptibles de artrosis. La verdad es que no me extraña nada, los ojos, como los codos y las rodillas, son unos grandes parachoques. Nos tranquilizan diciendo que han mandado muestras de sangre de la niña a la Unión Europea. Imagino que en algún lugar aséptico de Bélgica o Alemania debe haber un edificio con un descomunal fondo de virus y bacterias, una especie de bacterioteca de acceso restringido. Por cómo nos lo explican me percato de que los médicos creen que las palabras «Unión Europea» son un filtro mágico capaz de calmar los nervios de padres y madres, pero conmigo no ha funcionado. El tercer día de mi estancia en el hospital pido unos cuantos días de asuntos personales y me comprometo a trabajar como nunca desde la sala de juegos de la planta infantil. Por la noche no hay nadie, es un lugar tranquilo lleno de muñecos mutilados que me miran, y eso es agradable, relativiza la soledad. Los hospitales siempre me han parecido acogedores, quizá porque hay personal despierto a todas horas, guardianes de la actividad nocturna que hacen que una se sienta a salvo en su cueva. Mi hermana viene un rato cada mañana y cada tarde, casi siempre con mamá. Tiene ojeras y está pálida, no exactamente blanca, sino más bien descolorida, con una transparentada grisura muscular. Mamá, en cambio, está espléndida. Tiene la piel radiante e inagotables temas de conversación. El hospital es su salsa, un estado de excepción parecido al preludio de un orgasmo. Hoy mi hermana me ha dicho que está pensando iniciar un tratamiento de ansiolíticos, pero que quizá esperará un poco porque el bebé aún mama y ella quiere ser una buena madre. Le digo que la bondad o la maldad son términos relativos ante un imperativo como el amor de madre. Le digo que los hijos son pequeños depósitos de incondicionalidad y que el amor es un absoluto no susceptible de modificación por los métodos de lactancia. Su propia supervivencia es una necesidad anterior a la de los hijos, de lo contrario no sería posible asegurarles la vida. Pero ella no me escucha, está convencida de que ha hecho algo mal y de que ahora su hija mayor paga las consecuencias. Su culpabilidad es aniquiladora. Hace días que no come y tiene los lagrimales rendidos. Juro por todos los dioses no tener hijos, lo juro cien y mil veces. Lo necesito. En pocos días mi hermana ha abandonado todos sus preceptos de vida sana, como si en realidad no hubiesen sido sino una forma de distraerse, como si el ecologismo fuese la falsa llave de una seguridad relativa. Tener una hija ingresada con ceguera absoluta actúa como una alarma antiaérea: de repente la vida te estalla con violencia en la cabeza amplificando tanto su sentido como su ausencia. La tranquilizo asegurándole que me haré cargo de la niña hasta que le den el alta. Por la tarde me escapo a casa y pongo ropa, libros y un neceser en la maleta. Después me instalo en una horrenda butaca de escay junto a la cama de Clàudia. Ella dibuja con los ojos cerrados y me pregunta si lo hace bien. Dibuja árboles lilas cargados de manzanas amarillas que huyen de la copa y suben al cielo en líneas torcidas. Le aseguro que es un dibujo precioso, la envidia de Van Gogh, seguro. Clàudia ríe levantando el rostro como lo haría una niña ciega definitiva y yo le prometo que le guardaré los dibujos para cuando los pueda ver. Entonces su sonrisa me origina unas lágrimas repentinas, calientes y gordas, fantasmas de indómitos y desconocidos antepasados que me escuecen en las mejillas como metal candente. La aviso de que voy un momento al lavabo y lloro. Me lloro encima sin quererlo ni querer evitarlo. Estoy segura de que centenares de madres se han desplomado en este lavabo. Pero no lloro por Clàudia, ni creo llorar por mí. Lloro como llora el exceso de azúcar la fruta colgada demasiado tiempo en el árbol. Me fundo. Me abandono. Me transformo poco a poco en un despojo lleno de huesos. Cuando ya hace demasiado tiempo que estoy allí, me lavo la cara y vuelvo con ella. Clàudia busca mi brazo, baja la mano hasta encontrar la mía y me la aprieta con fuerza. «No llores, tía. ¿Quieres que pongamos la tele?» Me percato de que es la única persona de mi mundo con quien puedo ser sincera. «Si quieres ponemos unos dibujos y te los cuento», le digo. Es un juego divertido, porque los dibujos se mueven rápido y eso me obliga a hablar aún más rápido. Ella se troncha de risa. Cada hora en punto le aplico tres colirios diferentes en cada ojo. Noche y día. Es la labor de las enfermeras, pero ya se han equivocado unas cuantas veces y he exigido que me lo dejasen hacer. Me extraña que siempre tenga las pupilas dilatadas por las gotas y no sea capaz de ver. Mira como un gato nocturno desconcertado, sin quejarse. Solo pierde el control cuando vienen a sacarle sangre. Los pinchazos la aterran y la enfermera de las extracciones es una mujer sádica. Me he dado cuenta de que el personal médico suele mentir mucho. No a los adultos, sino a los niños, y eso causa niños aterrados, privados por completo de confianza. Yo insisto en que le digan la verdad. «Vamos, un pinchacito y ya está, será el último, no vendré nunca más», dice la mujer sádica. Miente, aún la pinchará dos veces más y al día siguiente volverá a hacerlo. «No te dolerá», mienten. Clàudia me mira sin ver, me implora una verdad a la que aferrarse. «Te dolerá un poco, pero estoy a tu lado y pasará enseguida», le aseguro. Los médicos me miran como si hubiese enloquecido. Clàudia aprieta los labios y grita cuando la aguja atraviesa su carne en vertical y penetra lentamente en la vena, pero mantiene el brazo quieto con una voluntad que me admira, mientras con su pequeña mano tritura los huesos de la mía. Después me confiesa que las manos de la otra enfermera que le aguantaba los tobillos le han hecho aún más daño que la aguja.

La abrazo y me abraza. Creo que nunca me había sentido tan abrazada. Clàudia pega la oreja a mi pecho y me escucha el corazón, que percute aún más alentado por ella. Una canción hard rock de cuna me crece dentro y me agrieta el permafrost. Me rompo. Me rompo y no se me ocurre otra cosa que hundirme en el cabello de Clàudia, que es brillante y bonito incluso bajo el fluorescente de la habitación. Al día siguiente mi hermana viene sola. Ha dejado a Arlet con mamá en la sala de espera. Mamá está encantada de hacer de abuela con el público del hospital, un público poco exigente, castigado por una especie de tedio mucho peor que la enfermedad. Mi hermana me cuenta que ha iniciado un doble tratamiento de antidepresivos y ansiolíticos. También toma pastillas para que se le corte la leche. Dice que los pechos le duelen y se los levanta como cuando éramos pequeñas y jugábamos a ser mujeres poniéndonos naranjas. Arlet es un bebé colaborador y acepta los biberones sin dificultad, y como la leche adaptada se digiere más despacio, también duerme más y «eso ayuda», dice mi hermana. Observo cómo interactúan ella y Clàudia. La niña es protectora y cada pequeño gesto de mi hermana es un gesto aprendido de madre, evidencia un infinito cuidado de su hija, pero inexplicablemente está fuera del ámbito real de la comunicación. Deseo que mi hermana vuelva a su casa, que me deje sola con Clàudia. Algunos deseos tienen un fundamento intolerable, son tan sucios como una carretada de abono, pero igual de nutritivos. Mi hermana levanta la mirada, me da las gracias y se marcha.

35

Son las once y media de la noche del 5 de enero. Acabo de decidir que en cuanto Clàudia recupere la vista acabaré. De una vez. Lo haré desde la azotea de casa. Abajo hay una pequeña zona comunitaria, pero en pleno invierno no hay peligro de aplastar a ninguna bestia humana inocente y se trata de un distrito moderno, por tanto, libre de gatos. Imagino el impacto, cúbico y denso. La apertura del cráneo, los pensamientos espesos avanzando por el pavimento como lava, huyendo de mí. Soy una mujer imperfecta, resistente como regaliz, arbustiva y molesta como una cuña de hueso de conejo incrustada entre dos muelas. Espero que alguien repare en mí antes de que los pájaros vean mis globos oculares. Los pájaros siempre me han causado una especie de terror ancestral, sus picos déspotas no admiten ningún sentimiento, y yo tengo sentimientos. Ahora mismo siento la calma de una mano entrando en mi vientre, el retorcimiento que me inflige, el dolor seco que crece hasta alcanzar la altura de un termitero. Siento el termitero dentro de mí, es una nube de polvo rojo y naranja, una tumba a punto de ponerse a andar. No pienso dejar ninguna nota. No quiero dejar ningún rastro de maldad. Hoy Clàudia está un poco mejor, parece que los ojos responden al tratamiento. Pero es un tratamiento curioso, ruda y agresiva mezcla de antibióticos y pastillas antirreumáticas que se han sacado de la manga en un desesperado intento de que funcione. La situación tiene algo de bíblico. Siento un terror parecido al de las semanas anteriores a la destrucción de todo un pueblo, pero como no puedo hacer nada al respecto me limito a aplicarle sin cesar las gotitas. Ahora sus ojos son grandes depósitos de espejo en el que ella ha empezado a provocar filtraciones, empapando y neutralizando la química adversa con una eficacia de subsuelo. Cuando la miro veo un lago perdido en el fondo de sí mismo, un lago negro y cristalino. Ella aprende de él y yo desaprendo a través de ella, me alejo, subo y bajo escaleras de caracol que me llenan e intentan comunicarme algo. He caído en la cuenta de que me sé de memoria, me sé hasta el punto de empezar a reconocer a personas inexistentes que me complementan. Me sé como cualquier recorrido que conduzca a casa, como pasillos sin puertas, como barandas interminables. Me sé como un internamiento de décadas. Acabar y basta. Me noto el cuerpo asexuado, solemne y majestuosamente penoso, como una torre horadada de tristeza. Y siento a la humanidad entera dentro de mí, prensada, concentrada en un lugar del todo personal.

36

Día 10. Hace tres días que han dado de alta a Clàudia y ayer mi hermana las dejó, a ella y a Arlet, con mamá. Mamá preferiría ocuparse solo del bebé, pero cuida de Clàudia comprándole su merienda preferida de coca con piñones. Los bebés son enteramente dependientes y eso a mamá le causa una cruel satisfacción, de una crueldad disimulada, presente como un minutero. Clàudia ha recobrado la vista por completo. La inflamación fue tan grande que sus irises llegaron a adherirse a los cristalinos dejándole fijadas constelaciones secretas de su pigmento oscuro, casi negro. Solo puede descubrirlas un oftalmólogo en un cuarto oscuro y con una lente que parece un pequeño telescopio. De forma que Clàudia está bien. Cuando la miro veo un fino velo de felicidad sobre ella, una seda inherente, tal como observé en sus días de ceguera. Es una niña extraña, me recuerda a mí, pero en un polo contrario. Mi hermana ha ido al aeropuerto a recoger a su marido. Ha regresado porque tocaba. La gente como ellos puede digerir cualquier cosa, da igual que luego la realidad les penetre como un clavo la pared coralina del estómago, tienen tentáculos capaces de acomodarse a ella hasta un grado antinatural a fin de disimular la desgracia. A veces me parece que es posible hacer como ellos, vivir desangrada, cabalgar hasta el horizonte una tarde amarilla, como un muerto atado a una estaca.

37

Día 11. Hoy he sabido que la muerte es transferible.

38

Día 14. Papá llora. Mamá llora y parte de su llanto es de rencor. Arlet grita. Clàudia concentra su dolor en la palma de la mano y aprieta la mía como en una interminable extracción de sangre. El sacerdote es un sádico que osa pronunciar la palabra «resucitar». Eso es mucho peor que mentir. Me hundo en una suerte de océano particular. Joaquim y Cristina, escucho, padres ejemplares. Joaquim y Cristina, matrimonio feliz. La chica que toca el violín tiene ojeras de haberse pasado la noche de fiesta. El sonido del violín es correcto, insensible, acomodaticio. Papá agacha la cabeza como un hombre agacharía el cuerpo entero. Toda la sala tiene un olor verdoso de hojas duras y flores duras y frías. El suelo y sus sustratos milenarios de tristeza están cubiertos por una finísima tela de brillo. Pienso que la tristeza es una gran incógnita, que se halla a años luz del amor. La luz es irreal. Las ventanas son irreales. Las personas son una acumulación de vestidos y zapatos. Arlet chupa el chupete con una fuerza animal y el cochecito se mece de forma imperceptible al ritmo de su rabia. Clàudia me mira y dice tía. ¡Me las ha confiado! Aunque sea soltera, aunque sea lesbiana, aunque sea una suicida. Ahora la tía es una persona responsable. Esta mañana me he preparado un zumo de naranja y me lo he tomado junto con las pastillas. Sonrío sin llorar. Sonreír así funde el permafrost. Suena el violín. Las familias se cierran sobre sí mismas como ciudades asediadas. Pero es la vida, la salvaje que nos cerca y nos asedia.

ÚLTIMOS TÍTULOS PUBLICADOS

Los afectos, Rodrigo Hasbún

El año del verano que nunca llegó, William Ospina

Soldados de Salamina, Javier Cercas

Nuevo destino, Phil Klay

Cuando te envuelvan las llamas, David Sedaris

Campo de retamas, Rafael Sánchez Ferlosio

Maldita, Chuck Palahniuk

El 6° continente, Daniel Pennac

Génesis, Félix de Azúa

Perfidia, James Ellroy

A propósito de Majorana, Javier Argüello

El hermano alemán, Chico Buarque

Con el cielo a cuestas, Gonzalo Suárez

Distancia de rescate, Samanta Schweblin

Última sesión, Marisha Pessl

Doble Dos, Gonzálo Suárez

F, Daniel Kehlmann

Racimo, Diego Zúñiga

Sueños de trenes, Denis Johnson

El año del pensamiento mágico, Joan Didion

El impostor, Javier Cercas

Las némesis, Philip Roth

Esto es agua, David Foster Wallace

El comité de la noche, Belén Gopegui

El Círculo, Dave Eggers

La madre, Edward St. Aubyn

Lo que a nadie le importa, Sergio del Molino

Latinoamérica criminal, Manuel Galera

La inmensa minoría, Miguel Ángel Ortiz

El genuino sabor, Mercedes Cebrián

Nosotros caminamos en sueños, Patricio Pron

Despertar, Anna Hope

Los Jardines de la Disidencia, Jonathan Lethem

Alabanza, Alberto Olmos

El vientre de la ballena, Javier Cercas

Goat Mountain, David Vann

Tercer libro de crónicas, António Lobo Antunes
La vida interior de las plantas de interior, Patricio Pron
El alcohol y la nostalgia, Mathias Énard
El cielo árido, Emiliano Monge
Momentos literarios, V. S. Naipaul
Los que sueñan el sueño dorado, Joan Didion
Noches azules, Joan Didion
Las leyes de la frontera, Javier Cercas
Joseph Anton, Salman Rushdie
El País de la Canela, William Ospina
Ursúa, William Ospina
Todos los cuentos, Gabriel García Márquez
Los versos satánicos, Salman Rushdie
Yoga para los que pasan del yoga, Geoff Dyer
Diario de un cuerpo, Daniel Pennac
La guerra perdida, Jordi Soler
Nosotros los animales, Justin Torres
Plegarias nocturnas, Santiago Gamboa
Al desnudo, Chuck Palahniuk
El congreso de literatura, César Aira
Un objeto de belleza, Steve Martin
El último testamento, James Frey
Noche de los enamorados, Félix Romeo
Un buen chico, Javier Gutiérrez
El Sunset Limited, Cormac McCarthy
Aprender a rezar en la era de la técnica, Gonçalo M. Tavares
El imperio de las mentiras, Steve Sem Sandberg
Fresy Cool, Antonio J. Rodríguez
El tiempo material, Giorgio Vasta
¿Qué caballos son aquellos que hacen sombra en el mar?, António
    Lobo Antunes
El rey pálido, David Foster Wallace
Canción de tumba, Julián Herbert
Parrot y Olivier en América, Peter Carey
La esposa del tigre, Téa Obreht
Ejército enemigo, Alberto Olmos